Thomas Arzt

Die Gegenstimme

Roman

Residenz Verlag

MIX
Papier aus verantwortungsvollen Quellen
FSC® C014496

Wir danken für die Unterstützung.

Bibliografische Information der Deutschen Nationalbibliothek
Die Deutsche Nationalbibliothek verzeichnet diese Publikation in der Deutschen Nationalbibliografie; detaillierte bibliografische Daten sind im Internet über http://dnb.dnb.de abrufbar.

www.residenzverlag.com

Umschlaggestaltung: buero 8 / Thomas Kussin
Typografische Gestaltung, Satz: Lanz, Wien
Lektorat: Jessica Beer
Gesamtherstellung: GGP Media GmbH, Pößneck

ISBN 978 3 7017 1736 1

1

Geht der Bleimfeldner Karl, geht er die Ortsstraße hinan, vom Bleimfeldnerhaus, wo der Vater ein Schuster und er schon gar nicht mehr wirklich daheim, weil er doch lang schon fort. *Ein Studierter,* der Bleimfeldner Karl, aber trägt das Zuhaus noch in sich, samt Schustervater und Näherinmutter, kleinbürgerlich die Sippschaft allesamt. *Ganz bist ja nie weg, auch wennst nimmer da,* denkt sich der Karl und spürt so etwas wie eine Verwurzelung, erstmals vielleicht.

Jetzt muss er an das Gespräch von gestern Abend denken, als er angekommen ist. Die Mutter beim Tisch in der Kuchl, *weißt, Karl, ist halt nimmer wie früher,* und sie hat dabei zum Fenster rausgeschaut, wo drüben beim Platzer die Dorfjugend auf ein Bier, den Hitlergruß ganz artig und musterhaft vorführend, *lächerlich,* denkt der Karl. Die gleichen Burschen haben vor Kurzem noch artig und musterhaft den Herrgott beschworen. *Nimmer wie früher,* wiederholt die Mutter, und setzt fort, weil *wichtig ist, egal was kommt, die Familie.* Schaut in die Runde, mit Mutteraugen, war da eine Angst? Angstmutteraugen schauen in Angstvateraugen. In Angstschwesterhänden blitzt ein Messer, *willst ein Brot, Karl?*

Egal also was kommt, denkt sich der Karl, den Abend von gestern im Kopf, und geht jetzt schon auf Höhe Baronteich, da ist einst die erste seiner Schwestern, lang lang ist's aus, die ist da hinein, in der Nacht, und nimmer raus. Das Kind konnt nicht schwimmen, eine Tragödie. So kommt ihm seine Verwurzelung recht schwerwiegend vor, und schwer muss er atmen. *Als würden's mich nach hinten ziehen wollen, die Heimatwurzeln, mich festhalten: Tu's nicht!* Palmsonntag, April 1938, und der Ort ist geschmückt.

Da stellt sich wer in den Weg, *servus Karl*. Und der Karl schaut rein, ins Gesicht von der Kern Cilli. *Gar nicht bei der Mess, Karl?* Die Kern Cilli, einen Kopf kleiner, aber heut in einer Aufgerichtetheit. *Hab gehört, hast was Dummes vor, hast doch nix Dummes vor, bist doch nicht dumm*, und die Worte haben was Anmaßendes, heut redet die Kern Cilli, als würd sie in die Höhe schießen, weil sie ja die Tochter vom neuen Bürgermeister, der ja auch ein Hochgeschossener ist, mit Parteigewalt, so ist die Cilli mitgewachsen, mit Vater, Familie, der gesamten Gemeinde: Und eine nie dagewesene Größe spricht aus ihr. *Heut ist ein Freudentag, Karl, den wirst doch nicht verderben wollen.* Wem sollt er hier was verderben? Wen wollt er denn hier mit reinstürzen, ins Verderbliche? *Der Mensch verdirbt sich sein Leben schon ganz von selbst*, entgegnet der Karl ohne Umschweif, als hätt er sich die Worte zurechtgelegt. Hat sie's gehört, die Bürgermeistertochter? Hat sie überhaupt die Ohren für einen klaren und nüchternen Gedanken? War doch immer die Erste, die in Euphorie beim Faschingsball sich selbst vergessen wollt und die Burschen einen nach dem anderen verschlingen hätt können, oder ist er jetzt nur eifersüchtig? Hätt der Karl gern was von dieser euphorischen Selbstvergessenheit abbekommen? Und von der Kern Cilli ihren verschlingenden Lippen? Verrennt sich der Karl in etwas, am Gang zur Wahlurne, will er sich zu einer Dummheit hinreißen lassen? Wer reißt hier wen? *Ist doch eine ausgemachte Sach, Karl, der Anschluss ist lang schon passiert*, und da lacht die Kern Cilli, fast freut sich hier ein Mensch ganz ohne Vorbehalt, sie freut sich wirklich, denkt der Karl. *Da wird doch auch der letzte kritische Geist sein Einsehen haben müssen*, sie schubst den Karl, war das liebevoll? Sorgt sie sich um sein Wohlergehen? Doch der Karl merkt das alles gar nicht, ist beschäftigt mit sich selbst, denn er schaut in sich hinein. Sieht sich als schmollenden Jungen, der mit Stimmbruchstimme sagen will: Seht her, der Karl kann, was ihr nicht könnt. Ist es also Trotz? Übermut? Oder ist hier ein Spieler unterwegs, erstmals womöglich etwas zu riskieren?

Er drängt sie zur Seite, *was bist denn selbst nicht bei der Mess?* Und geht weiter. Entschlossen, das Dumme zu tun, das für ihn das einzig Denkbare, für den Geschichtsstudenten aus Innsbruck. Vor zwei Jahren hat er noch gemeint, es reicht im Vergangenen zu graben, doch tut's das noch? Wie sehr steckt das Vergangene wieder im Gegenwärtigen? Und wie wenig Gegenwart bleibt, wenn die Geschichte uns überrollt? *Geh, Karl, redest wieder so oberlehrerhaft, kannst dir dein Reden in deinen Studentenarsch,* und er kriegt einen Tritt nun von der Cilli, von hinten, dann läuft sie weg, das Lachen bösartig angeschwollen, es wird bald aus allen Häusern hier so gelacht werden. Und er muss sich gerade halten jetzt, der Karl, der nicht sonderlich von der Statur, der wenig an Muskelmasse, schwach auf der Brust. Hätte lieber Pfarrer werden sollen, wie der Vater es vielleicht gewünscht: *Die was im Kopf haben in der Familie, die sollen ins Kloster,* da haben's ein Auskommen und die Familie ein Ansehen, aber was ist der Geschichtsstudent im fernen Innsbruck? Wie kann er sich's Leben leisten? Ist der Vater stolz auf den Sohn? Und macht der Sohn dem Vater, der hier im Dorf ein angesehener Mensch, nicht eine Schande heut? Kaum zurück aus der Stadt, mit seinem städtischen Gang, seiner städtischen Bekleidung, fast schon fremd, *keiner mehr von uns!* Ja, wer sonst könnt das Dorf heut hier verraten, wenn nicht der Karl?

April 1938 und der Zurückgekehrte ist der letzte Uneinsichtige. Denn seit dem sonderbaren Licht im Jänner haben's hier im Dorf doch alle schon gesehen, eine Vorahnung war's, so sehr, dass die Ahnenden bereits überzeugt: *Die neue Zeit ist da.* Hat gestrahlt, das Licht im Jänner, so rot, als ob ein Feuer über den Feldern. Sind rundum in den Gemeinden die Einsatzkräfte sogar ausgerückt, um den Brandherd zu suchen, war aber kein Brand. Ein Sonnenphänomen. Später wird's ein *Flächenbrand der verführten Herzen* gewesen sein. Und vom Kalvarienberg aus hat man den besten Blick gehabt, alle sind's gestanden, haben sich's angeschaut, was als Verheißung bald, als Prophezeiung. *Der Führer leuchtet uns.* Das hat so sehr die Augen aller verdreht, dass es nicht lang gedauert hat und die Naziburschen haben am Hochkogel ein Feld ausgebrannt, sodass von weither das Hakenkreuz. *Haben das Hakenkreuz ins Feld rein.* So hat es die Mutter am Vorabend erzählt. *Gebrandmarkt mein Dorf,* das denkt der Karl noch heut. Und alle lachen mich aus. Was zählt eine lächerliche Stimme? Der Gemeinderat ist an dem Tag, an dem der Karl die Ortsstraße raufgeht, schon aufgelöst. Der Altbürgermeister abgesetzt, wie konnt das so ohne Gegenwehr?

Wo war die Gegenwehr? Das hat er seine jüngere Schwester gestern vorm Schlafen gefragt, die Friedl, bei einem Schnaps vor dem Haus, und die Friedlschwester hat nur gemeint, *verbrenn dir nicht die Zung.* Er hat sich in *einen Wahn* geredet, heißt es später, hat da wohl *die Welt retten wollen,* hat halt gedacht, *er tue was Gutes.* Aber das Gute, Karl? Ist es nicht manchmal fehl am Platz? *Bist 22, Karl. Willst auch ein Leben noch haben. Wenn der Jubel hierzuland schon in der Übermacht, was zählst da du als Einzelner?* Und dann ist sie schlafen, die Friedlschwester. *Aber wo stehst denn du, auf welcher Seit?* Wollt er ihr noch nachrufen. War aber das Schweigen schon zwischen ihnen. *Die Nazis hab ich nie gemocht*, wird sie später immer sagen, *weil die doch gegen Jesus waren.*

Nun steht er beim Friedhof, unterhalb der Gitter, da hat sich der Hubertbruder einmal fast aufgespießt, als er wieder zu viel gesoffen, der Jüngste von ihnen, Sorgenkind, schwarzes Schaf, *hätt er sich fast derrannt. Recht g'schieht ihm, dem Unruhestifter.* Dagegen war der Karl immer der *Verlässliche*, der hat *was gemacht aus sich.* Und es gibt sie ja doch, die Sätze, die von der Hochachtung erzählen, die ihm von der Familie, *alle Achtung! Der Karl!* Und jetzt wird der Fall noch tiefer, der Anstandssohn, *wie konnt er nur!* So schaut er jetzt rauf, zum Kloster. Die beiden Türme, darunter die steil ansteigende Schotterstraße, rechts lugt das Volksschulgebäude hervor. Er könnt diesen Blick mit geschlossenen Augen zeichnen, weil er hier immer rauf hat müssen, der kleine Karl mit der großen Tasche unterm Arm, die Schläg schon spürend, die er vom Herrn Oberlehrer, *die tun dir gut, Karli, nur so wirst dir ein Rückgrat zulegen.* Hat er es den Oberlehrerschlägen zu danken, dass er als ausgewachsener Mensch nun seine erste wirkliche Dummheit vorhat? *Will mich nicht mehr dreschen lassen*, wimmert der kleine Karl unter der Tuchent. Wo beginnt die Gegenwehr? Wie kann er aufbegehren, im schmächtigen Körper, der zur Anpassung erzogen? *Oder wächst die Courage erst dort, wo die Schläge des Daheims schon hinter dir?* Die Glocken läuten, reißen ihn aus den Gedanken. Neun ist's. Und alle sitzen's in der Mess. Alle, die sich noch hintrauen, in die Mess. *Seit die Nazis hier das Sagen, musst dir's gut überlegen, mit deiner Religion.*

Das katholische Dorf hört dem katholischen Herrn Pfarrer zu, der spricht jetzt von der Kanzel. *Eine schwere Zeit*, sagt er, *eine Zeit, die den Glauben braucht*, sagt er, *die das Vertrauen braucht*, und er liest aus dem Evangelium. Eine Feigheit nur, wo die Worte so weit weg von einem selbst ausgelegt werden, dass einem der Arm zu kurz, um das Gesagte zu begreifen. Was gerne Auslegungssache heißt, nennt der Karl Lüge. Das will seine Schwester nicht hören. *Der Kirche sind ihre gläubigen Hände gebunden.* Jetzt singt ein Chor in einer weit entrückten Schönheit. Karls Mund geht ungewollt auf, als ahmte er nach, was im Kirchenschiff drinnen nun Seelen trösten soll. Und in großer Nervosität tritt er in den Stiftshof. Geht die Mauer ab, die Finger krallen sich in Kalk, er schaut zwischen die Gitter der Fenster, sieht die spaltbreit offene Tür zum Konvent, da huscht er hinein, was treibt ihn?

Jetzt schleicht er durchs Halbdunkel, hört drinnen im Kirchenschiff das Gebet. Zittrig lehnt er da, riecht den alten Staub. Da war er als Gymnasiast. Hat auf Lateinisch das Vaterunser heruntergeleiert, auf Griechisch die Bibel studiert, im sogenannten Studentenhof seine Runden gedreht, womöglich auch das Regiment harter Jahre am Knabenkörper erfahrend, und somit die Erkenntnis, dass schon lange vor den Hakenkreuzen am Hochkogel den starken Händen gehuldigt worden ist, wann hat's begonnen? *Wer ohne Narbe ist, werfe den ersten Stein.* Und voll Zorn schlägt der Karl nun in die Mauern, es bröckelt, ein bislang ungehörtes Aufbegehren, *wir wussten doch alle, was wir tun.* April 1938, ein Bekenntnis des Frevels.

Er flieht ins Freie, braucht Luft. In so einem Klostergang atmet man die Jahrhunderte, da rast die Geschichte am inneren Auge vorbei, *marschiert über dich hinweg.* Da werden Bauernkriege geführt und Kaiserreiche verheiratet, Aufrührer geköpft und Hochzeiten am Baronteich gefeiert, ein Großaufgebot damals für den Baron, und das ergebene Lehnsvolk winkt mit Blumen, da war der Karl noch nicht auf der Welt, aber erzählt hat man's ihm, tausendfach. *Was für ein Märchen, Karl. – Waren's dieselben Blumen, Mutter, die du nun deinem Führer?* Und der Vater schustert die Kriegsmontur zurecht, der Hubertbruder rennt kopfüber in die nächste Selbstüberschätzung und die Friedlschwester schmiert, panisch das Messer, unheilvoll der Blick auf die Madonna im Eck, das Brot, *jetzt iss doch was, Karl, schaust schlecht aus, vielleicht tut das Denken einem nicht so gut wie der Glaube.* Sie betet jetzt sicher für ihn.

Nun geht er schnell, rennt vorbei an der Außenmauer, durch den kleinen Tunnel am hinteren Stiftstrakt, den Kreuzweg hoch, Station für Station. Oben steht eine Bank vor der Kapelle, da wird er übers Tal blicken, das ihn immer noch kennt. Es muss ihn kennen. Er ist kein Fremder. Er tut es, weil er eben *einer von hier.*

2

Steht der Huber Seppl, steht der Seppl am Eck hinter dem Gemeindeamt, genehmigt sich einen Schluck aus der Flasche. Steckt die Flasche schnell weg, unterm Janker, damit's keiner sieht. Weiß er doch, der Huber Seppl, dass *am Wahltag nichts Geistiges*, bis am Abend nach Wahlschluss *nichts vom Geistigen*, ist ja nicht blöd, der Seppl, denkt der Seppl, und denkt zugleich, dass das Geistige doch auch guttät, grad wenn allerlei an Dummheit herumgegeistert ist, in den Tagen, Wochen vor der Wahl. Geistert da das Dumme herum, wie vor jeder Wahl, auch diesmal oft nur sinnloses Gerede, abseits von der Wirklichkeit, wie sie ist. Und für den Seppl ist die Wirklichkeit eine andere als für die meisten, weil der ist schon besonders, der Seppl, drum denkt er sich auch, *im Grund tät grad jetzt vor so einer enormen Wahl das Geistige in hochprozentiger Dosis am besten,* so denkt's der Seppl, lacht mit dem hochgeistigen Gedanken und dem Schnaps, der den Hals runterbrennt, in sich rein und schaut raus, aufs Tal, das sich öffnet unter ihm.

Schlängelt sich der Fluss dort im Tal in der Au, durchs Sumpfgebiet, dahinter heben sich leicht die Hügel an, bewaldet, und wenn er sich anstrengt, der Seppl stellt sich auf die Füß, die Zehenspitzen, dann lugt doch irgendwo auch der Traunstein. *Nein, nicht von herunten, Seppl, denk doch nach, musst rauf auf den Hügel hinterm Kloster.* Da oben, wo die Aussicht dich bei guter Wetterlage bis zur Landeshauptstadt schauen lässt, sogar darüber hinweg, als würdest schon die Grenz nach Böhmen, da am Hügel oben schaust auch auf den Felsen, die Traunsteinspitze vom Salzkammergut. Auch der Priel aus dem Stodertal glänzt mit seinem Schneefeld heraus. Und davor freilich immer, mit ihrer schroffen Nüchternheit, die Kremsmauer.

Nüchternheit tut heut nicht gut, denkt der Seppl und nimmt einen zweiten Schluck, zieht die Jacke fest zu, als würd's ihn frösteln. Sollt wärmer werden, das Wetter, hat's geheißen, die Zeitung schreibt von *allmählicher fortschreitender Besserung*, wenn auch der April, wie er eben ist, in einer enormen Wechselhaftigkeit. In der Nacht hat's sogar einen Frost gehabt, *das wird auch heut erwartet*, schreibt die Zeitung. Und der Seppl liest die Zeitung genau. Will am Laufenden sein, damit ihm keiner was, niemand soll ihm was erzählen. *Ist doch nicht dumm, der Seppl*, wiederholt er nun mit den eigenen Lippen und tut's so, als müsst man's merken, wie sehr es ihn schmerzt, das Wort von der Dummheit, das ihm anhaftet.

Der Seppl ist eben der Seppl. Und die Leut sagen es mit einer Milde, er sei eben *anders*. Schon als Kind hat man ihm diesen Satz gesagt, *dann wird's schon stimmen,* hat er irgendwann selbst gesagt. Aber ist er deswegen verrückt? Jetzt muss er lachen, laut, aus einer Plötzlichkeit raus, der geistig Zurückgebliebene mit dem Hochgeistigen unterm Janker, lacht am Wahltag übers Tal hinweg, warum? *Die Reflexe meiner Muskulatur sind unergründlich*, denkt er als Antwort. Das Lachen ein bitteres bald, es verzerrt seine Wangen. Das Verrückte lacht auf seine eigene Weis. *Bin nicht verrückt*, sagt er dann immer. Ist eine *Ent*rückung. Der Seppl einfach *etwas neben der Spur.* Musst drum nicht alles auf die Waagschale legen, beim Seppl, nicht für bare Münze nehmen, seine Wort. Die Zurechnungsfähigkeit ist so eine Sach. Auch wenn er fleißig und auch arbeitsfähig und drum auch angesehen und keiner, der am Rand, der Seppl, nein, der ist mitten im Dorf, da kennt man ihn, da lacht er einen an, ein verlässlich freundliches Gemüt. *Mei, der Seppl. Nur weil's die Geburt nicht so gut gemeint hat mit ihm.* Das ist aber jetzt kein Grund hierzuland ihn ins Abseits zu drängen. *Ist ein gutes Land, hierzuland.* Und überhaupt muss man von Glück reden, dass der Seppl das alles durchgestanden, dass er nach der Geburt durch den Winter, *als ein Siebenmonatskind, allerhand. Einen Lebenswillen, der Seppl.* Im Ofen ist er gelegen, die Mutter hat ihn zum Feuer, das ihn warmgehalten hat, *damit der Junge ausgebacken wird.* So hat man's gemacht, und so ist was geworden aus ihm. Ein Gemeindeangestellter. Wenn auch die Leut immer mit diesem Seufzen, sobald sein Name fällt, im Reden, das merkt er schon, der Seppl. *Der ist eben nicht ganz hell!* Derweil kommt's ihm übermäßig hell vor, die Welt, grad heut wieder, grad jetzt. Eine Geblendetheit erwischt den stillen und bedächtig nun dreinschauenden Schnapstrinker hinterm Gemeindeamt, weil ein Sonnenloch hat sich aufgetan, unerwartet, mitten in der Nordwetterkammbewölkung, ist das nun die allmähliche Besserung?

Wo steckst? ruft forsch eine Männerstimm aus dem Amt raus, der Nagl bückt sich vor, *es geht gleich los. – Ich komm schon*, sagt der Seppl, sein hochprozentiges Geheimnis wahrend. *Was treibt er denn, der Seppl,* ruft ein anderer, der Gemeindesekretär Krumm redet neuerdings in einer Akkuratheit, so als würd ein Regiment antreten zu einem außerordentlichen Marsch, aber wohin? *Kontrollier nur noch das Blumengehänge*, so sagt's der Seppl, damit er noch einen heimlichen dritten Schluck. *Der Seppl kontrolliert noch das Blumengehänge,* wiederholt's der Nagl dem Krumm, der wiederum zurückbrüllt, das Gehänge sei ein

Kontrolliertes, das hätt schon die Hanni heut um sechs. Außerdem muss nach hinten raus kaum was sichtbar sein vom Dekorativen. Aber grad das, meint der Seppl, sei ja das Versäumnis, und er steckt weiteren Blumenschmuck provisorisch in die Girlanden, *soll doch auch ins Tal raus strahlen, die Gemeinde. – Da hat er recht,* sagt jetzt der Edelbauer, der heut ein Beirat ist und der den Vorschriften, die neuerdings in einer ungewöhnlichen Schnelle und auch Präzision ans Amt herangetragen werden, mit äußerster Gewissenhaftigkeit zu folgen gedenkt, Vorschrift ist Vorschrift, so hat's der Seppl noch genau im Ohr, das Protokoll von vor drei Wochen: *Großbeflaggung hat zu erfolgen, wenn ein hervorragendes Mitglied der Reichsregierung oder der Reichsparteileitung zu einem offiziellen Besuch anwesend ist und eine offizielle Ansprache oder Rede halten wird. Großbeflaggung und Großschmuck erfolgen, wenn der Reichskanzler selbst anwesend ist und spricht. Unabhängig von den vorbezeichneten Anlässen gilt in der Zeit vom 6. April 1938 früh bis 10. April 1938 abend für das ganze Landesgebiet Österreichs Großbeflaggung und Großausschmückung.*

Seither haben alle im Ort damit zu tun, dass die Herausgeputztheit der Anordnung von oben entspricht, wobei gar nicht klar ist, wo dieses Oben neuerdings sein soll, jedenfalls verweist die Bezirksbehörde auf die Landesbehörde und die wieder auf die Bundesbehörde, die doch immer das letzte Wort gehabt hat, die aber, und so viel ist dem Seppl klar, nun auch nur mehr die Worte nachspricht, die wiederum von einem anderen Oben heruntergesendet worden sind, oder eigentlich von draußen herein, von Berlin nämlich. *So läuft hier neuerdings ein jeder wie verrückt für Berlin.*

Der Seppl hat die ausgebrochene Ausschmückungshysterie mit einem Achselzucken hingenommen, ist wie an jedem Tag davor aus dem Bett und hat sich streng an seine eingeübte Routine gehalten. Kein Grund, nun alles auf den Kopf zu stellen. So sagt er's und sagt auch nicht *Heil*, wie's neuerdings gesagt wird, sondern noch sein *Grüß Gott*. Das *Grüß Gott* ist seine Routine, wie das Waschen des Körpers und das Anlegen der Kleidung nach dem Aufstehen. Wie die Kniebeugen, er macht zwanzig jeden Morgen, das hat ihm die Hanni als Übung beigebracht, um seinen Körper besser in den Griff zu bekommen, und wie das Lesen der Zeitungen von der Trafik unten im Bleimfeldnerhaus, Tageszeitungen, Wochenzeitungen, Illustrierte und Spezialmagazine, Motorsport, Fußball. Und da vor allem das Auswendiglernen der Namen der österreichischen Fußballnationalmannschaft, die neuerdings eine deutsch-österreichische ist. Platzer, Schmaus, Sesta, Skoumal, Mock, Wagner, Pesser, Binder, Sindelar, Stroh, Hahnemann. Ersatzleute Zöhrer, Marischka, Laudon, Neumer.

Schieb deinen Arsch herein, Seppl, und die Stimme jetzt ist die bestimmteste, der Seppl weiß, er hat zu spuren, wenn der Herr Bürgermeister ruft. Er schleicht, so schnell er kann, hinterm Gemeindeamt herum, steckt seine Schnapsflasche seitlich an der alten Mauer ins Gebüsch, sein geheimes Depot, tritt in einer rasch vorgespielten Adrettheit auf die Ortsstraße raus, wo schon allerhand Leut sich versammelt haben, alle den Sonntagsanzug angelegt, das fesche Kleid, die Haare hübsch gemacht, während die Kirchglocken läuten. *Heil Hitler*, grüßt ihn der Förster in einer übermäßigen Lautstärke und einer Aufmachung, als würd der Kaiser heut erscheinen wollen. Der Seppl duckt sich, als hätt er's nicht gehört, denkt nur, der Förster, der doch die Wälder vom Kloster betreut, sollt lieber bei der Mess sein, grad heut, ist doch ein Palmsonntag, stattdessen will er als ein Vorzeigenazi gelten, da schallt's erneut, *hörst*

Seppl, heil Hitler hab ich g'sagt, und der Seppl spielt sein dümmliches Lachen vor, damit man's ihm durchgehen lässt, dem Verrückten, *grüß Gott, lieber Förster, grüß Gott.*

Überm Gemeindeamt hängt eine Aufschrift, der Seppl schiebt seinen Kopf drunter durch, da steht's, weswegen hier alle heut erscheinen werden: *Wir stimmen für Deutschland.* Drinnen im Amt hat sich die Runde versammelt, denn noch ehe das Volk hereindrängt, in die kleine Stube, haben die Bediensteten selbst ihre Stimme abzugeben, *weil,* so sagt's jetzt der Herr Bürgermeister, *die Gemeinde geht geschlossen voran.* Stolz schaut da jetzt aus den Augen, vom Gemeindesekretär Krumm, vom Beirat Nagl, vom Beirat Edelbauer, oder ist's was anderes? Der Seppl hat gelernt, nicht immer jedem Anschein sogleich zu glauben, *oft tut der Mensch Dinge, die er unter anderen Umständen als Irrsinn erachtet.* Und in einer ungewohnten Aufregung wiederholt der Seppl seine Routine, um sich zu beruhigen: Platzer, Schmaus, Sesta, Skoumal, Mock, Wagner, Pesser, Binder, Sindelar, Stroh, Hahnemann. Ersatzleute Zöhrer, Marischka, Laudon, Neumer.

Na, alles gut, Seppl? Der Herr Bürgermeister sieht heute noch aufgeplusterter, fast wie ein Auerhahn aus, mit dem Federbüschel und den Orden am Revers. *Ja, alles gut,* kommt's wie von selbst aus dem Seppl, doch dann räuspert er sich und schluckt, was ist? Was hat er, der Seppl? Warum trinkt er denn heimlich den Schnaps in der Früh? *Sie haben zum letzten Mal gespielt.* Der Kern verharrt in einer Verwirrtheit, was der Seppl jetzt wieder redet, will's schon abtun, da meint der Nagl, der Seppl mache sich nur Sorgen um den österreichischen Fußball. War doch das letzte Spiel der Nationalelf. *Ja, und was für eins!* Die Deutschen hätte man direkt niedergeschossen. Der Bürgermeister Kern starrt auf den Krumm, weil doch vom Niederschießen der

Deutschen keine Rede sein darf, gerade heute nicht, und sagt halb streng, halb salopp: *Na, da hat der Gemeindesekretär wohl seinen Altpatriotismus nochmals ausleben wollen, sei's drum. Heut wird ganz neupatriotisch das Kreuz am rechten Fleck gemacht.* Und da legt er dem Seppl die Hand auf die Schulter, mit einer sonderbaren Schwere.

Ist das die Schwere seines Amts? fragt sich der Seppl. Wie leicht fällt's, wenn sich ständig alles dreht, im Politischen? Da war grad eben noch das eine zu tun und jetzt wieder doch nicht, und der Herr Bürgermeister war grad eben noch bei der einen Partei und jetzt wieder doch nicht. *Hat sich da gut durchmanövriert*, so hat's die Hanni gestern unter der Hand gesagt, als nur noch sie und der Seppl da waren, sie waren die Letzten und haben sogar die Fahnenstange noch poliert, bis die Sonn untergegangen ist, *aber behalt's für dich, Seppl, darfst nicht allzu viel mehr offen sagen.* Der Seppl sagt's trotzdem, als er sich am Dach vom Amt festkrallt, der Fahnenstange zum Glanz verhelfend: *Ist ein Schlitzohr, der Kern, weil ist doch nach Bayern.* Spricht's aus, was alle wissen, hat sich doch der Kern in den letzten Jahren irgendwann aus der alten Partei heimlich geschlichen, auch wenn er kurz davor noch groß am Redenschwingen war, fürs Vaterländische, da ist er plötzlich leiser geworden, hat sich mit dem Herrn Schwager auf einige Fahrten ins Nachbarländische begeben, *was tust im Bayrischen, Kern?* fragt unschuldig die Ortsjugend beim Bier. Und er sagt immer nur, fast als wär's ein Volkslied, *es g'hört zsamm, was zsamm g'hört,* und außerdem sei es doch ein schöner Landstrich, man wird doch auch mal fortfahren dürfen. *Zurückgekommen ist er als ein Nazi. – Sag das nicht so, Seppl.* Aber die Hanni weiß das doch auch, ist doch nicht dumm. Keiner im Dorf hier ist so blind, das nicht gesehen zu haben. Hat eben den Zeichen der Zeit als ein Erster nicht nur nachgeschaut. Ist ihnen nachgegangen. *Nachgetrottelt. – Geh, Seppl. – Wenn's wahr ist!* Und wie dann der Abend vom 11. März gekommen ist, da ist er mit seinem Wagen hoch zum Altbürgermeister von der Altpartei, auf den Bürgermeisterhof, hat sich noch Verstärkung mitgenommen in seinem Wagen, weil sollst doch immer in der Überzahl, das hat er wohl dort draußen gelernt, in Bayern. Das Überraschungsmoment der Überzahl gegenüber der Unterzahl, die eigentlich, wär sie nicht überrascht worden, die Überzahl gewesen wär, wobei man eine Eigentlichkeit der Mehrheit ja immer nur schwer erkennen kann, *was denkt sie denn wirklich, die Mehrheit?* Die Hanni schweigt. Was denkt denn die Hanni im Herzen? Ist sie Marxistin? Revolutionärsozialistin? Erzkatholikin? Deutschnationalistin? Die Wörter fallen im Hirn vom Seppl durcheinander, so viel Geschrei in den letzten Wochen. Er weiß nur, wie's dann weitergegangen ist, dass nämlich das Schlitzohr von Kern in der Tür vom Altbürgermeister gestanden ist, aufgeplustert und bewaffnet, *zieh dir was drüber, ist was zu tun, unten auf der Gemeinde, steig ein.* Hätt der Altbürgermeister ihm, dem Aufgeplusterten, nicht einfach die Tür ins Gesicht? *Hätt er ihm doch eine drüberdreschen müssen,* sagt der Seppl zur Hanni, aber beide wissen, dass allen neuerdings eine absonderliche Furcht im Nacken sitzt. Welche das genau ist, das weiß keiner so sicher, ist nahe der Furcht, die man dem Herrn entgegenbringt, fast in einer Demut. *Wir konnten halt nicht aus unserer Haut,* wird's hernach geheißen haben.

Am End ist der Altbürgermeister jedenfalls am Gemeindetisch gesessen, umlauert von den Neuüberzeugten, die ihm ein Dokument hingelegt haben, *ab morgen wachelt da ein neuer Wind. Tu ned lang um und setz deinen Haxn drunter.* Zögert der Altbürgermeister? Ist er erleichtert, dass alles so schnell geht? Oder trägt er auch schon eine andere Überzeugung unterm Mantel? Er lässt's geschehen. Und der Kern löst den Gemeinderat auf und setzt sich seine besten Freund ins Amt. Und behält dann doch auch die, die nötig sind, damit alles am Laufen, so ist's ja nicht. So eine Gemeinde muss ja auch, wenn sie neu besetzt ist, laufen. Und der Seppl spürt in seinem Denken immer schwerer nun wieder die Neubürgermeisterhand, sie drückt ihn runter, *setzt's euch jetzt.*

Dann wird das erste Kreuz gemacht. Vor allen anderen macht er's, der Kern. Dass es jeder sieht. Faltet den Wahlzettel, gibt ihn ins Kuvert, das Kuvert in die Wahlurne und den Schreibstift weiter an den nächsten, das ist der Krumm. Auch er, Blicke treffen sich, es muss nicht viel geredet werden, tut es offen, kein Wahlgeheimnis hier. *Für den Führer.* Gibt den Stift weiter. *Das ist eine sonderbare Art, diese neue Politik. Als würd man das eigene Denken abschaffen.* Und wieder, *für den Führer,* Blicke der Genugtuung, oder ist's diese absonderliche Ehrfurcht? Was würd passieren, wenn man nun den Tisch verlassen würd, den Stift zerbrechen, draufsteigt am Boden, sich diesem neuen Gleichklang verweigert?

Jetzt ist der Seppl an der Reihe, vor ihm das Papier, von draußen hört er die hereindrängenden Stimmen, das ganze Dorf. Vor die Kommission soll getreten werden, völlig unverhohlen wird das treue Volk sein Ja in aller Öffentlichkeit. *Seppl, gemma.* Doch der Seppl zögert. Das ist ihm zuwider. Er steht auf, *was willst?* Nimmt das Papier, den Stift, so wie's immer gemacht worden ist. *Routine ist wichtig*, sagt er, will hinter den Vorhang, den er mit der Hanni gespannt, wie auch bei den letzten Wahlen schon, wann waren die? *Mach's doch gleich hier, verdammt.* Ist da schon eine Wut in den Worten? Mit Vehemenz will man ihn am Tisch halten.

Er reißt sich los, *ist immer das Wahlgeheimnis, bei jeder Wahl ist das Geheimnis, so gehört's, seit dem Anfang, wo man abgestimmt*, und so zitiert er aus dem Stehgreif Sätze der Verfassung, *das sagt die Verfassung*. Seppl, was zählt die Verfassung? *Ist aber auch die Verordnung, Herr Bürgermeister*, nimmt er sich das tatsächlich heraus, der Seppl, konfrontiert den Bürgermeister? Der steht ihm nun gegenüber, wird ernst in seinem Schauen, der Seppl hebt das Kinn und sagt, was er zu sagen hat, was er auswendig gelernt: *Die Stimmzelle ist derart herzustellen, dass der Stimmberechtigte in der Zelle unbeobachtet von allen anderen im Stimmlokal anwesenden Personen den Stimmzettel ausfüllen und in den Umschlag geben kann.*

Stille im Raum. Lass dich nicht zu weit raus, Seppl, der Bürgermeister Kern räuspert sich. Und der Seppl setzt nochmals an, *die Stimmzelle ist derart herzustellen, dass der Stimmberechtigte … – Schon gut, Seppl.* Es ist die gewohnte Milde zurück, *mei, der Seppl ist der Seppl.* Und der Bürgermeister weiß doch selbst am besten, was drinsteht, in der Verordnung, die ihm die neue Regierung in Wien zukommen hat lassen. Eine freie und geheime Wahl. *Dann lass ihn halt.* Der Nagl, der schon halb gestanden ist, setzt sich wieder, der Krumm schaut weg, irgendwo runter (neuerdings wird Blicken einfach ausgewichen). Der Bürgermeister hält dem Huber Seppl den Vorhang auf, *bitt'schön der Herr. Solang'st weißt, was sich g'hört.*

Was sich gehört, hat er genau im Kopf, der Seppl, er weiß, dass in anderen Gemeinden schon Leute abgeholt worden sind, dass man die *zu laut Gewesenen* weggesperrt hat, damit sie keine unerwünschte Propaganda verbreiten, und dass einer *von der falschen Art* sowieso nicht wählen darf, das weiß er auch (er fürchtet den Moment, da einer kommen wird und sie ihm abspricht, die Fähigkeit zur Willensäußerung). Umso eigenwilliger zieht er den Vorhang hinter sich zu, noch den Spott im Ohr: *Sag mal, Seppl, was ist noch mal ein Jud?* So haut ihm der Edelbauer noch eine Provokation in die Wahlzelle rein, die nur aus einem Theatervorhang aus dem Bühnenfundus des Dorfes besteht, und im Automatismus seiner Routine wird der Seppl zur verlässlichsten Auskunftsperson seiner Gegenwart, *erstens, Jude ist, wer von mindestens drei der Rasse nach volljüdischen Großeltern abstammt. Als volljüdisch gilt ein Elternteil ohne weiteres, wenn er der jüdischen Religionsgesellschaft angehört hat. Zweitens, als Jude gilt der von zwei volljüdischen Großeltern abstammende jüdische Mischling, der, Zwei, Punkt Eins, am 16. September 1935 der jüdischen Religionsgesellschaft angehört hat oder danach in sie aufgenommen wurde, oder der, Zwei, Punkt Zwei, am 16. September 1935 mit einem Juden verheiratet war oder danach sich mit einem solchen verheiratet hat.* Eine Korrektheit, Seppl, schau, schau, da kann sich ein jeder aufrechte Nationalsozialist was abschneiden. Er schluckt.

Er steht hinterm Theatervorhang. Und da sind die beiden Kreise vor ihm. Das Ja und das Nein. Und der Kreis für das Ja, der ist der größere. Alles drängt ihn hier zu einer Zustimmung. Er spürt den Atem der anderen. Jetzt hängt ihm tatsächlich was im Nacken. Nicht die Furcht. Es ist *die Zeit, die angebrochen ist.* Die Gemeindestube voll von dieser Neuzeit. Wie kannst nur was anderes jetzt? *Sie sind gegen mich.* Sagt er zur Hanni in Gedanken. *Sie werden auch mich versperren. Nicht gleich, aber später. – Geh, Seppl, keiner wird dich wegsperren. Wir halten zsamm.* Aber was, wenn der Zusammenhalt bald gespalten? Der Seppl sieht mit einem Mal die Stube auseinanderbersten, zwischen den beiden Kreisen, da tut sich ein gewaltiges Loch auf, es wird uns alle reinreißen, *geh Seppl. Du spinnst.* Es bebt in seinen Hirnwindungen, es dröhnt das Gelächter und Nachäffen, die vielen Male, da man über ihn hergezogen, ihn zur Zielscheibe einer Erniedrigung gemacht hat. Das alles hat er ertragen, drübergelächelt, ja, der Dumme wird doch jetzt nicht nachtragend sein. *Was pocht hier so unendlich schmerzlich?* Draußen zieht die Blaskapelle vorbei.

Wir warten, Seppl. Die Milde des Bürgermeisters wird auf die Folter gespannt, wer wird hier noch bald aufgespannt, zurechtgebogen, umerzogen, fallen gelassen? *Zeiten kommen, Menschen gehen.* Und der Seppl muss sich beruhigen, die Hand zittert ihm, sein Schreibstift wirbelt von Kreis zu Kreis, *er wird doch jetzt ein Kreuz, verdammt!* Und zählt, in seiner Suche nach Routine, alles auf, was er weiß, über diese seine Gegenwart. Renner, Mayr, Schober Eins, der Eintages-Breisky, Schober Zwei, Seipel Eins, Ramek, Seipel Zwei, Streeruwitz, Schober Drei, Vaugoin, Ender, Buresch, der Heilige Dollfuß, Schuschnigg. Renner, Mayr, Schober Eins, der Eintages-Breisky, Schober Zwei, Seipel Eins, Ramek, Seipel Zwei, Streeruwitz, Schober Drei, Vaugoin, Ender, Buresch, der Heilige Dollfuß, Schuschnigg. Renner, Mayr, Schober Eins, der Eintages-Breisky, Schober Zwei, Seipel Eins, Ramek, Seipel Zwei, Streeruwitz, Schober Drei, Vaugoin, Ender, Buresch, der Heilige Dollfuß … und jetzt kommt halt ein neuer Name dazu. Denkt's, sieht das nickende Gesicht, innerlich, der Hanni, *mach nichts Dummes,* lieber kluger Mensch. *Allmähliche fortschreitende Besserung.* So ist's doch gestanden. Im Wetterbericht.

3

Der Beckenspieler gibt einen Tusch, da geht sie los, die Kern Cilli, im Gleichschritt mit der Kapelle. Brust raus, Schultern gerade, Kinn hoch, auch den Lippenstift hat sie sich angelegt, *aber schickt sich das?* Ja, Mama, das schickt sich, denkt sich die Cilli. Der Rock flattert, die Knöpf der Bluse gespannt, es drückt ihr fast den Busen heraus, den hat sie heut zusammengepresst, sollen's alle sehen, wie sehr sie einen Stolz vor sich herträgt. Da hat sich schon das vierte Mannsbild heut nach ihr umgedreht, sich den Schädel verrenkt, sie verteilt ihre Großzügigkeit samt damenhaftem Lächeln, *mach es damenhaft,* ja, Mama, was sich nicht alles schickt, als Tochter des Kaufmanns und nun des Bürgermeisters, *du hast eine Verantwortung auszustrahlen,* ja, das weiß die Tochter, sie macht heut der Familie alle Ehre, ihren Brüdern, ihrem Vater, dem Onkel, der vor ihr den Taktstock schwingt, sie marschiert als Marketenderin.

Sie hat sich extra aus der Messe geschlichen, damit sie Zeit hat, sich nochmals ein wenig mehr herzurichten. Und überhaupt ist zu überlegen, jetzt, wo der Vater der Bürgermeister, wie man's mit dem Messgang in der Zukunft halten wird. *Es war ja kein Zustand mehr,* so hat's der Vater immer gesagt, da wird der Glaubensinhalt schon zum Parteiinhalt und umgekehrt, *eine Knebelung des aufrechten Christen,* der Nationalsozialist dagegen ist ein freier Mensch, der geht in die Kirch aus einem freien Willen heraus. Der ist überhaupt viel klarer in allem, was er denkt und tut. Kein

Geducke mehr, sondern ein aufrechtes Handeln. Daher hat sie sich auch, als Bürgermeistertochter, diese Aufgerichtetheit zugelegt, hat lange vorm Spiegel sich angeschaut und gemerkt, es stimmt. Zu sehr lässt man sich hängen. Die Jugend überhaupt, durch die Jahre der Arbeitslosigkeit, es ist ein Rumhängen und sinnloses Zeitvergeuden.

Verwahrloster Seelenzustand, so hat's der Wimmer Eduard genannt, dem hat sie mal gefallen wollen, dem Edi aus der Bezirkshauptstadt. Hat was weniger Bäuerliches als die Mannsbilder vom Ort, hat ja auch ein Geschäft, die Familie, wie ihre eigene, nur noch mondäner. *Cilli, der Wimmer hat wieder was, das musst sehen.* Und sie fährt in die Bezirkshauptstadt und flaniert über die Hauptstraße, hofft, dem Edi über den Weg zu laufen, in einer Zufälligkeit, freilich. Man will nicht aufdringlich sich den Männern hinwerfen. Überhaupt, der Edi spricht ja von der *Autonomie der Jugend,* die sich bald erheben wird, ganz feurig hat er ihr das am Schießstand erläutert. Als die Schützen der Altpartei alle angetreten sind, eine Jahrmarktsstimmung war's. Der Vater hat ganz passabel abgeschnitten, hat den damaligen Ortsgruppenleiter hinter sich gelassen, *weißt, Mädl, der Baron, der ist Geschichte, mit seinem geschichtlichen Getue, seinem lächerlichen Schloss.* Und fast lächerlich war's, wie der Baron am Schießstand beinah nicht in die Kreise getroffen hat, *ist ein versoffener Hund am End.* Das hat den Baron gedemütigt und in einer unverfrorenen Hochnäsigkeit hat er dann gewütet, dass es doch die Pistole gewesen wär, die sei nicht ganz gerade, *ja, so ist's immer, wennst dich mit diesem Pack einlässt.* Und der Edi hat beigepflichtet, als sie nach dem Schießen noch eine Zuckerwatte am Stadtplatz. *Dem sollt man mal die Zeichen der Zeit,* und der Vater und der Edi haben sich angeschaut. Ein sonderbares Anschauen war's, das hat die Cilli damals nicht verstanden. Aber heute weiß sie, dass es der Wimmer Edi war, mit dem Stein Hansi, die in der darauffolgenden Nacht dem Baron ein Hakenkreuz aufs Schloss gemalt haben. So groß, es dauerte Tage, bis der Baron alles reinigen konnte, mit eigener Hand, denn seine Dienstboten hatte er wieder einmal in einem cholerischen Anfall entlassen. *So ergeht's dem hochnäsigen Pack, Cilli! Recht so, wenn denen mal die Wadln nach vorne gerichtet werden. – Hast du ihm damals die Wadln gerichtet, Edi? – Nein,* sagt der Edi zur Cilli in Gedanken, *ich wollt dir nur eine Liebesnachricht schreiben, daraus ist ein Hakenkreuz geworden.*

Du bist so verrückt, Cilli, sagt dann die Klara. Wenn sie Kleider ausprobieren, die die Klara über die Luzi aus Salzburg mitgebracht hat, *das Schickste der Saison,* und sie reden über die Mannsbilder, als wären's wie die Wäsch zum Wechseln. *Du spekulierst echt noch mit dem Wimmer Edi? Der ist keiner fürs Langfristige, weißt, Cilli,* und die Klara hat so ihre Theorie. *Der ist ein Abenteurer, aber mehr nicht. – Du hast keine Ahnung,* schimpft die Cilli dann zurück. Und sie erzählt, wie der Wimmer Edi mit ebenjenem Stein Hansi nicht nur die Schmierereien an den Wänden veranstaltet hat. *Die beiden sind auch für die Lahmlegung der gesamten elektrischen Leitung in der Bezirkshauptstadt verantwortlich gewesen. – Ein terroristischer Anschlag war das,* sagt die Klara, die das eben wieder von der Luzi hat, die sich da auskennt, weil deren Papa ja bei der Gendarmerie ist. Und Terror ist zwar für die Umsetzung einer unerhörten Meinungsäußerung oft ein notwendiges Mittel, so die Luzi, aber man sollt sich doch nicht die Finger an den Terroristen selber schmutzig machen. *Außerdem sind die allzu Feurigen auch bald an der Front,* meint die Klara, das hat sie jetzt nicht von der Luzi, sondern das denkt sie sich selbst, *ein Mannsbild sollt nicht allzu politisch sein, das verdirbt nur das Mittagessen.* Da hat die Cilli sie ausgelacht. Die Cilli lacht auch jetzt noch, als sie wieder dran denken muss, im Marsch durch den Ort, der ihr an diesem Palmsonntag wie ein Blumenmeer vorkommt.

Grad die Politischen haben es ihr neuerdings angetan. Das sind doch die viel Vitaleren, und auch die Fescheren. Das hat bei ihr schon bald begonnen, nämlich den Männern in der Uniform nachzuschauen, auch an den Kasernen immer zu stehen, bei Paraden und Kundgebungen. Als sich in der Bezirkshauptstadt die Vaterländische Front in einer großen Ansprach gezeigt hat, da hat sie überall die Fotos vom Heimwehrführer zusammengesammelt, dem Fey Emil. Die Mutter hat gemeint, *das schickt sich nun wirklich nicht, denk dir den Altersunterschied,* aber von der Reife lässt sie sich durchaus anziehen, die Cilli. Freilich, jetzt ist ein anderer über die Fotosammlung des Fey Emil gelegt worden, in noch größeren Abzügen, und auch politisch größer als die provinziellen Vaterländler. Einmal ist die Cilli sogar, als sie die Großmutter ins Spital in die Landeshauptstadt begleiten hat müssen, da hat sie die freien Minuten genützt und einige internationale Magazine erstanden, in einem Buchladen, und auf einem, da ist der Adolf Hitler gewesen in einer seiner beeindruckendsten Posen. Sie hat es sich geschnappt und das Bild vom Umschlag heruntergerissen, fein säuberlich dann zurechtgeschnitten, und unter die Bluse gesteckt. Denn sie hat gewusst, dass sie Probleme kriegen könnt, wenn man sie damit erwischt. Nicht wegen der Mutter oder dem Altersunterschied zwischen ihr und dem Führer, sondern *weil die Zeit,* wie der Oskar das genannt hat, *noch nicht reif war.*

Damals haben sie immer nur dann über die Taten des Führers reden können, wenn keiner sonst dabei war. Wenn man ausschließen hat können, dass ein Spitzel im Raum. Weil das sonst den Gang ins Gefängnis hätt bedeuten können. Die Cilli hat *das alles* deswegen nur umso reizvoller gefunden und hat sich gern recht versteckt getroffen, mit den jungen Radikalautonomen im Bezirk. *Was treibst dich denn wieder rum, junges Fräulein?* Aber der Vater hat genau geahnt, was sie da treibt, insgeheim war er sogar stolz, dass sie schon die Seite gewechselt hat. Und nicht ungern hat er sie gesehen, so denkt es sich die Cilli, als sie dann begonnen hat, sich mit dem Oskar aus dem Kloster zu zeigen, rein in einer Geistesverbundenheit freilich. *Mademoiselle geht spazieren, mit wem? – Der Oskar ist ein ganz ein Feiner. Und gebildet ist der auch. Und keine Sorge, Mutter, der will mal Priester werden.*

Das hatte alles sein Gutes, dass der Oskar ja ein Klosterschüler und dadurch einen Ruf gehabt hat, da war man dann fern von allzu viel Gerüchten. Freilich, die kamen schon auch auf. Vor allem, da ja die Cilli nie gegeizt hat mit dem, was sie zu zeigen hat, das ist nun mal *ihre Natur*. Und die braucht man nicht verbergen, im Gegenteil, der *giftige Modernismus hat uns ja geradezu entfremdet*, von unserer Abstammung, dem Boden, aus dem wir (*natürlicherweise!*) entsprungen. So und noch weiter redet die neue Jugend insgesamt: Der Cilli ihr Naturdekolleté ist reiner Ausdruck ihrer *patriotischen Heimatverbundenheit* also. Ein freches und freies Mädel ist sie.

Ach, Cilli, was wird mal werden, wenn wir alt und die Haare grau, fragt dann sentimental die Klara. Und sieht sich dann am Herd und mit Kindern und einem anständigen Garten, in dem sie die Nachbarsgschroppn bewirtet. Nicht so die Cilli. Die stramme Marketenderin vom Wahltag sieht sich vielleicht in einem Kampfflugzeug über den Alpen, ihrem Kriegshelden die Hand haltend (oder lenkt sie bereits selbst das Kampfgerät?). Nach der Landung werden sie in München oder Hamburg oder Berlin empfangen. Der Oskar redet ihr das ein. *Wir werden weggehen, Cilli. Und dann wird noch was viel Größeres eintreten.*

Der Oskar war einer der Ersten, der auch im Kloster die neue Zeit verbreitet hat. *Musst nicht glauben, dass die Jugend sich im Katholischen einsperren lassen will, Cilli, wir begehren auf. Wir wissen, wo es hingehen wird, und die überkommene, schwächliche Doktrin, die uns der Abt und seine Schergen hier nahelegen, in die Hirne zu pressen, ist nicht mehr zeitgemäß.* Der Zeit gemäß, so der Cilli ihr Oskar, der bereits in seinem Maturajahrgang die Revolte von innen heraus angegangen ist, der Zeit gemäß sei der moderne, freie und deutsche Mann, der aufrechten Geistes sich bewusst ist, dass die Welt nur durch ihn besser werden wird. Was für eine Ansprache, dabei hätte sie gern nur mit ihm eine Weile auf der Bank gesessen und ihn vielleicht geküsst. Er aber in einer Überzeugung, erzählt, wie sie demnächst aufmarschieren werden und Flagge bekennen. *Haltung zeigen.* Da wird dann die Studentenschaft im Stiftshof das alte, beschämende Denkmal, das man dem lachhaft winzigen Dollfuß gemacht hat, abreißen. *Und die Matura werden wir boykottieren. Keiner wird sie bestehen. Aus einem Anstand heraus.* Da hat sie dann gar nicht mehr anders können, die Küsse waren von einer unerhörten Direktheit, *ja schickt sich das, junge Dame?*

Die Cilli hat ihre Geheimnisse. Und auch wenn sie jetzt lächelnd im Marsch die Ortsstraße heranschreitet, es schlummert auch das Bittere und Unversöhnliche drin. Sie weiß um ihre Waffen. Sie weiß um den nahenden Krieg. Erahnt sie, mit welcher Ungeheuerlichkeit gegen jene vorgegangen werden wird, die hier nicht mitmarschieren? Es ist ein mörderisches Schreiten der Kern Cilli, sie wird sich irgendwann mal fragen müssen, *wer hat mich gelehrt, so im Takt zu gehen?* Oder glaubt sie daran, an die neue Bewegung, die eine Freiheit für einen jeden und eine jede verspricht? Die der Frau einen anderen Rang? Ist die Größe, die nun in aller Munde, eine Verlockung für das junge Mädchen, das ansonst wohl nichts weiter bliebe als *die Einfache vom Land,* in Unbedeutsamkeit. *Die neue Politik gibt neuen Sinn.* Und der Cilli ihrem Vater ein Amt und der Tochter ein Ansehen.

Das merkt sie jetzt besonders, als die Kapelle vor der Gemeinde hält, freudig empfangen wird, und als alle nun mit den Gesichtern der großen Erwartung aus dem Amt treten und den Vater der Cilli umringen, die Hände schütteln, tun sie es aus vorsorglicher Beflissenheit, nur keine Zweifel aufkommen zu lassen, oder hat es sie so erfasst wie die Cilli? In ihren Augen ist es klar, heute wird für die Veränderung gestimmt. Die eine unabwendbare ist. *Es ist die Natur einer Veränderung. Überrollt und von der Geschichte aussortiert, wer jetzt nicht mitmarschiert.* Der Vater sagt ein paar Worte, es gibt Applaus, dann wird wieder aufgespielt. Die gesamte Gefolgschaft rund um den Bürgermeister begibt sich zum Wirten, da ist der Braten schon fast auf den Tellern. Die Tochter wird brav am Tisch des Vaters sitzen, ihre beiden Brüder daneben.

Es dampft in der Wirtsstube, es legen die Leut ihre Mäntel ab, man war sich nicht sicher, ob Regen kommt. *Hättet's vertraut,* sagt der Förster, *die Sonn scheint immer, wenn der Führer es braucht,* es ist warm geworden. Die Cilli schaut sich um, vom Oskar keine Spur, der muss heut in seinem eigenen Ort Parade stehen, schad. Die Klara winkt rüber, die Cilli ärgert sich. *Halt deine patscherte Hand unten, Kind, ist jetzt keine Zeit fürs Naive!* Die Cilli hat's den Filmschauspielerinnen abgeschaut, im Kino: Es gibt die Frauen, die sich etwas Schmeichelndes umlegen, den Hauch der Zartheit, die immer kurz vor der Ohnmacht stehen, das ekelt die Cilli zunehmend an. *Diesen Schmeichlerinnen wird die Härte das Gesicht zerstören!* Dagegen steht die resolute Stolze, die sich ein klares Vokabular zulegt, und so sagt die Cilli, *wir werden noch lang an diesen Tag zurückdenken, Vater, spätestens, wenn uns am Schlachtfeld der unbedingte Wille abverlangt wird.* Der Vater, mit dem Schweinsbraten schon im Mund, wendet sich her, die Tochter sehr korrekt und ohne noch den Teller berührt zu haben, *was sagst?* Und da weiß die Cilli, auch der Vater ist nicht der neuen Zeit gewachsen. *Was redest da, Kind,* die Mutter verschluckt sich am Krautsalat. Der ältere Bruder kämpft mit einer Flaxen vom Schwein, der jüngere aber stockt, schaut rüber, Bruder und Schwester im Geiste vereint, weiß sie, dass er demnächst fallen wird? *Ein jeder Toter ein nötiges Opfer,* so wird sie's dann am Brudergrab gesagt haben. Und die kleinbürgerliche Tochter wächst über den kleinbürgerlichen Wirtshaustisch hinaus, sie trägt unter ihrer Marketenderinnenbluse das Bild des Führers auf der nackten Brust.

Lasst's mich durch, sagt da plötzlich wer, in die dunstige Schweinsbratengemütlichkeit, der Nagl ist's. *Hörst, was bist nicht am Amt? – Hermann,* und der Nagl schaut der Cilli ihren Vater an, *solltest besser kommen. – Was ist?* Und der Vater schiebt ein zu großes Stück Fleisch ungekaut den Rachen runter. *Kann's nicht warten? – Hat einen Vorfall geben.* Da bedeckt er seine Stimme, der Nagl, geht näher ran, an den Vater, aber die Cilli hat schon viel an heimlichem Gerede rausgehört, setzt sich aufrecht, mit leichter Neigung, was für ein Vorfall? Des Vaters Gesicht verfällt (so ist es immer mit ihm, dass er nie die Größe bewahrt in dieser aufwühlenden Zeit, auch wenn die Mutter mit ihm ein ernstes Wort, er hat einfach nicht die nötige Beherrschung: *Wer führen will, muss zuallererst die eigene Unruhe zähmen!*) *Der Bleimfeldner Bub,* schießt's dem zerfallenen Vatergesicht aus dem Mund, samt Schwein und Saft und Kraut. *Na wart. – Was ist,* fragt (wer sonst) die Mutter in der Rolle der immer Fragenden, *Hermann, was ist?* Was wird schon sein, Mutter, wenn der Vater nun der Bürgermeister, dann wird da nimmer so im Plauderton, es wird schon Wichtiges sein, und die Cilli kann sich's denken, der Karl, den sie doch in der Früh noch am Weg in den Ort rauf, da hat er ja schon so. So irgendwie unangenehm angespannt, sowieso immer *ein Unangenehmer,* sagt auch der Oskar, der mit ihm im Stift. Hat drum auch gesagt, *wenn wer was Dummes heut, dann der Karl.* Ein moralischer Besserwisser. *Uninteressantes Kanonenfutter,* so nennt's der Oskar, und das sagt er nicht nur so, das weiß die Cilli. Sie hat schon den schwächlichen Bleimfeldner Karl vor sich.

Wo ist er hin? fragt der Vater. Und der Nagl sagt nur, *aus dem Amt ist er raus und runter zur Familie.* Der kriegt heut noch was zu hören.

4

Geht der Bleimfeldner Karl, es ist nach zwei am Nachmittag, und er geht jetzt den Waldweg hinauf, Richtung Bauern, wo er immer früher seinen Most. Der Karl, der schon lang nicht mehr beim Bauern und auch keinen Most, in der Stadt schmeckt einem der Most nur halb so gut, er hat einen gewaltigen Durst. *Hab schon einen Durst*, dreht er sich jetzt um und sagt es zur Mutter, die hinter ihm mit festen Schuhen, aber im Sonntagskleid, das hat sie sich nicht nehmen lassen. Der Weg ist steil, ein wurzeldurchzogener Pfad, hoch ragen die Fichten. Zwischen Stämmen bricht sich kaum das Licht, er mag's, wenn's in der Dichte des Waldes oberhalb von seinem Heimatort plötzlich auch eine Finsternis hat. *Schön*, sagt die Mutter. *Ist schön, dass wir wieder mal. Zusammen. Wie lang ist's her?* Es pfeift zwischen dem Geäst, der Vater erlaubt sich einen Spaß. Er hat sein Geschäft verrichtet und pfeift, pfeift ihr nach, seiner Frau, dem Karl seiner Mutter, als wär er noch ein jung Verliebter. *Die Jugend ist ihm aber aus dem Gesicht gewichen,* denkt der Karl, *viel schwerer als sonst tut er sich im Anstieg, kann mir nichts vormachen.* Der Alkohol hat viel an Lebenslust zersetzt. Und die Familie schweigt.

Es liegt eine sonderbare Ruhe zwischen Moosen und Farnen, am Huflattich sammelt sich geperltes Wasser, es dampft, kräftig die Schritte in die Stille hinein. Wanderer der Verschwiegenheit. Jetzt singt die Schwester, sie geht als Letzte hintendrein, mit dem Bruder ein Lied, das hilft, wenn keiner wirklich was redet. Singt mit dem Karl, wie es immer war, so wird's versucht jedenfalls, *wie es immer war,* aber wehe, es bricht die Zeile ab, die Stille würd alle erschlagen. Also singen sie weiter. *Irgendwann zerreißt es uns die Herzen, da kann dann auch kein Singen.* Der Karl sucht nach den Begriffen, die ihm guttäten, es verläuft sich die Harmonie, bald erwischt er eine falsche Tonlage, und er weiß doch, da unten, im Dorf, da sammelt sich schon die Meute.

Ich geh schnell zum Bach, sagt der Karl und stoppt den Schritt. *Schaut ihr schon mal vor.* Die Mutter blickt ihn tief an. Sie ahnt, dass der Sohn nicht auf sie gehört hat, hat er doch noch nie in solchen Dingen, hat stets nur gemacht, was er für das Richtige. Sie würd's jetzt gern wissen wollen, aber die Mutter ist die Mutter, sagt drum nur, *ich bestell schon mal die Brettljausen. – Tu das, Mutter.* So steigt er in den Graben runter, zum Bach. *Was willst denn, Karl?* ruft die Schwester etwas besorgt in seinem Rücken. *Lasst's den Sturschädel,* murrt der Vater, *der Most läuft schon nicht davon.*

Der Karl bald für sich. Dort, wo er als Kind mit dem Bruder Krieg gespielt hat. Er braucht eine Kühle, will den Kopf ins Wasser, weil es ihn sonst verbrennt. Eine Aufgebrachtheit in ihm, die Szenen vom Gemeindeamt hat er noch vor Augen. Wie er in der Reihe steht. Der Tür immer näher kommt. Wie er unter der Aufschrift überm Eingang durch, in der Gemeindestube schauen alle. Wie er seinen Namen, vor der Kommission. *Ihr kennt's mich doch. – Name und Anschrift. – Muss das? – Das muss. – Bleimfeldner Karl, Nummer 188.* Und der Nagl setzt einen Haken in der Liste der Wahlberechtigten und der Gemeindesekretär Krumm schiebt ihm das Kuvert rüber. Und er ergreift's mit der Zitterhand, denkt noch, *alle vor mir sind nicht in die Zelle gegangen, alle haben sich offen vor der Kommission gezeigt, haben das Kreuz im größeren Kreis vor aller Augen gemacht, wenn ich jetzt als die einzige Ausnahm in diesem Ort zurück hinter den Vorhang.* Er spürt, wie alle Blicke auf ihn gerichtet sind, ihn durchleuchten, hier bleibt nichts geheim, und wer heute sich sonderbar benimmt, ist der Erste, der von der Liste der Wahlberechtigten auf die Liste der Verdächtigen wandert, das wird Konsequenzen haben. Das alles trägt er noch mit sich, am Familiennachmittagsausflug den Wald rauf zum Most. Und so gefährlich stumm ist's um ihn jetzt.

Der Karl steckt den Kopf ins Nass, samt dem Hemdkragen, eisig der Käferbach. Es friert ihn abrupt, wie lang hält er den Kopf? *Hat Schand über die Familie gebracht!* Und in der Wahlzelle hinter dem Vorhang, da hat er sich angemacht. Es hat getropft. So sehr ist's geronnen, das war eine Lacke, die über den ganzen Gemeindeboden. *Der Trottl hat auf Hitler gebrunzt!* So hat's eine Stimme hernach gerufen, er ist wie wild vorbei an allen, hat nur das Kuvert schnell geschlossen, in die Urne, hinter ihm die Spur seiner Angst. Sie hat ihn noch rausverfolgt, *was brunzt der sich an? – He,* ruft der Gemeindesekretär. *Bleimfeldner.* Und ein anderer, *du schiffst uns da nicht in die Stuben. Der besudelt den Führer.* Einige setzen an, ihn zu halten, er reißt sich los, geht schneller, wendet sich nicht um, folgt ihm wer? Da läuft er, durch den Friedhof, vorbei an Gräbern, steil rauf, über Schotter, oben durchs Seitentor raus, haut sich hinter die Friedhofsmauer, wartet, Minuten. Eine Stunde.

Es rauscht ihm wieder alles vorbei. Nun will er auftauchen, als ihn eine Hand wild nach unten drückt. Kopf an den Grund, Stirn auf Stein, Wasser fließt am zugekniffenen

Aug, die Gurgel krampft, er kämpft, hievt sich dagegen, volles Gewicht von hinten auf ihm. Schon geht ihm die Luft aus, der Käferbach braust unnachgiebig, Schmelzwasser der letzten Tage, klirrend. Reißt's auf, die Aug. Wehr dich, Karl! Stemmt sich ab, die eine Hand befreit. Er drückt sich hoch, ist mit einem Mal der Stärkere. Der Angreifer fällt rücklings, der Karl fährt herum, schlägt um sich. Drischt. Drischt. *Hör auf, Karl.* Lacht da wer. *Karl.* Lacht weiter. *Bruder. Nur Spaß.* Da erkennt er die Stimm, die Bruderstimm, dummer blöder Streich des Hubertbruders. Liegt am Bachufer, Kiesel in den Schuhen, an den Handoberflächen, ebenso nass wie der Karl, grinst. *Was ist mit dir? Depp,* fährt ihn der Ältere an, den Kleinen. *Arsch!* So klein ist er nimmer, seit er's letzte Mal daheim, denkt der Karl, wischt sich das Gesicht, die Kälte hat ihm die Lippen blau gemacht. *Hörst, Bubi.*

So nennt er ihn, den Hubertbruder, den Bubi. *Muss das sein?* Der noch immer in einem Lachkrampf, fünfzehnjähriger Rotzlöffel. In die Höh geschossen, verschmitzt das Gesicht, die Wange aufgerissen, zerschunden vom hinterhältigen Angriff. *Krieg dich ein, Bruder. Ist so, wie wir's hatten. Wie wir's immer, wenn wir da. Ist doch unsere Stell.* Sie liegen beide nun Seit an Seit auf Kieselsteinen. Aufatmen. Gerangel eines ungleichen Brüderpaares, letzter Versuch vielleicht, sich nicht zu verlieren. Tolpatschige Liebestat, der Kopf unter Wasser?

Da haben sie Staudämme gebaut. Schwemmholz gesammelt. Voreinander ihren Mut erprobt. Da hat der Ältere dem Jüngeren das Schnitzen mit dem scharfen Messer beigebracht. Das Zigarettenrauchen, das Rollen des gefüllten Zigarettenpapiers nur mit einer Hand in der Hosentasche. Den Tabak haben sie aus der elterlichen Trafik, die Mutter hat's nicht mitbekommen. Hat geschimpft, die Mutter, dass da immer was weg. *Wird wohl der Oizing gewesen sein, oder der Platzer Hausknecht,* so hat's der Bubi hinterfotzig erlogen, ohne die Engelsmiene zu verziehen. *Weil der Oizing doch immer nur wegen einer Zigaretten kommt, dabei aber in seiner Taschen allerhand mehr verschwind't.* Der Bubi hat schon immer die Tatsächlichkeit sich verdrehen können, wie's ihm gepasst hat, und der Karl hat das lange als kindliche Torheit abgetan. Hat ihn gedeckt, den Kleinen, denkt er, beide nun eine Zigarette im Mund (zu lange gedeckt?). Der Bubi bläst den Zigarettenrauch heraus, durch die Nase. *Immer muss er's anders tun als der Bruder!* Der Karl fällt in Gedanken weiter in die Kindheit zurück. Sieht sie beide nackt in den Käferbach hüpfen. Kreischend. Fische haben sie gefangen. Einen haben sie überm Feuer gebraten. Als würd's ein Sommer ohne Ende sein. Da waren sie einander kurz sehr nahe. Da hat der Jüngere dem Älteren sogar seine Sünden gestanden. Hat aufgeschaut, der Bubi zum Karl, der doch ein Klosterschüler. Der Bubi selbst nur in der Volksschul gewesen. *Kein Mensch nicht fürs Akademische, der Bubi.* Auch keine Schrift hat er, die man entziffern könnt, ihm fehlen oft die richtigen Wort, da lässt er den großen Bruder vorsprechen, wenn's ums Eingemachte geht. Aber unter Leut, da hat der Bubi das größere Maul, da schießt's ihm raus, da beleidigt er, bringt einen Witz nach dem andern, dass sich alle zerkugeln, und verzieht das Gesicht zu schrägen Grimassen, als wär er der Schustervater. *Der Bubi theatert rum wie sein Vater.* Der Karl daneben in Ernsthaftigkeit, bedacht auf jeden Satz.

Am Käferbach ist er meist gesessen und hat gelesen. Bücher studiert. Vokabel sich ins Hirn getrommelt. *Was ist das? – Latein. – Ist doch scheiß.* Und der Karl hat dem Bubi von einem nie gewesenen Goldenen Zeitalter erzählt. Und der Bubi hat dem Karl von einem Albtraum erzählt, in dem alle nur kriechen konnten. Und der Karl hat dem Bubi von der Tugendlehre erzählt. Und der Bubi hat gemeint, *Tugend zahlt sich nicht aus.* Der Bubi ist dann auf die Knie und sie haben Beichtstuhl gespielt. Der Karl hat die Absolution erteilt. Und der Bubi hat sich das Schlimmste ausgedacht, im Spiel war er Verbrecher. Dieb. Mörder. Manchmal war's so echt, was der Bubi dem Karl aufgetischt hat, in der brüderlichen Vertrautheit, da wusst der Karl nimmer, ist es das Erfundene vom Bubi, das ihm nun das Herz rührt, oder *die Vorahnung eines vermurksten Lebens,* das eintreten könnt.

Was treibst in der Stadt, will der Bubi jetzt wissen. *Wann nimmst mich endlich mit? Das Kaff kotzt mich an. – Die Stadt frisst dich nur auf.* Sagt kalt der Karl. Aber der Bubi schwadroniert bereits von Taten, die er noch vorhätte, die ihm hier keine Sau zutrauen würd, von den Arbeiten im Stall, die er hasst, *will nimmer stinken!* Von der Autowerkstatt, in der er sich als Hilfskraft versuchen möcht, von jungen Frauen, die in dieser Werkstatt *dann und wann* vorbeikämen, der Fünfzehnjährige nimmt einen Ast, schlägt peitschend in den Bach, es ist ein Gespritze. *Jetzt hör doch auf!* Redet unbeirrt weiter, der Bubi, in einem Fluss. Und der große Bruder schaut ihm zu. Vermutlich ist's nicht einfach, wenn der Älteste das Haus verlässt. Wer hat noch ein Aug auf den Kleinen? Waren immer doch die beiden nur, die sich in Verstecke verkrochen, die grauslichsten Geschichten sich ausdachten, in denen am End freilich alles sich auflöste, in etwas, was man als das Gute bezeichnet. *Wenn er auch ein Schlitzohr, der Kleine,* denkt der Karl, *er hat ein gutes Herz. Das weiß ich.* Sagt er sich jetzt laut.

Was weißt? fragt der Bubi. – *Nichts,* meint der Karl. *Ich komm nur grad von der Wahl.* Die peitschenden Schläge in den Bach stoppen aufs Wort. Der Kleine sieht den Älteren an. Viel fehlt nicht mehr, dann sind sie auf Augenhöhe. Frühreif, denkt der Karl. Dem Bubi sein Blick geht in die Strömung, die trägt die Bruderstille das Bachbett runter, vermengt's mit Treibgut in der Au, wo's reinmündet in die Krems, bald verfängt sich's irgendwo. Wird hoffentlich dann alles wieder so sein, wie's war. Kinder waren sie. Jugend sollte sein. Die Politik aber schreit nach Soldaten.

Tut mir leid, Kleiner. Das mit der Stadt muss warten. Bleib lieber bei der Mutter, die braucht wen Verlässlichen hier im Dorf. Falls sich was ändert. – Was sollt sich ändern? Wieder Stille. Der Bubi ist kein politischer Mensch. Noch ist er zu jung fürs Feld, denkt der Karl. Hofft er. Hofft er sehr. Der Bubi könnt davonkommen. Er selbst? Die Stille will nicht enden.

Dann aber vorlaut und frech, dass dem Karl kurz die Schwere abfällt, ruft der Bubi in die Baumkrone rauf, *weißt, den Hitler, den fürcht ich nicht. Den Hitler leg ich auf's Kreuz, hab alle noch auf's Kreuz gelegt. Auf die Nazis scheiß ich.* Hat's wer gehört? Werden's Vögel forttragen und wird's der Himmel nun wissen, hier sind zwei Brüder, die erstmals nach Jahren wieder etwas eint. *Muss los. Der Vater wartet mit dem Most. Kommst mit?* Der Bruder stellt sich hin, schüttelt den Kopf, nichts hat er jetzt von einem Bubi, erwachsen macht er es. Der Hubert. *Hab noch zu tun.*

5

Schmiert die Hochkoglerin die Bratlfetten. Lugt durchs Fenster, drinnen in der Kuchl, verrußt noch vom langen Heizen, der Winter war hart. Die dicken Wänd zwar ein Schutz heroben, aber oft musst sie ausharren, Tage, dass sie wieder den Weg nach unten ins Tal antreten hat können. So schmiert sie weiter, die Hochkoglerin, die frischen Brote, auch mit Zwiebel und Speck, tut's aufs Brettl. Jetzt ist der Schnee weg und die Viecher wieder auf der Weid. Der alte Hof gehört in Stand gesetzt, was das wieder kostet. Sie hofft auf ein einträglicheres Jahr. *Muss sich was tun, wird sich was tun.* Zu lang gedarbt, das Bauernvolk *hierzuland.* So trägt sie's raus, das Tablett, die gute, fette Jause drauf, ist doch ein Sonntag heut. Und den Most.

Die Gäst schon auf den Bänken, stellt's hin, das Tablett mit den Krügen, reicht's rum, das gute Getränk vom letzten Herbst, eigenhändig die Äpfel mit zwei Mägden und einem Knecht zusammengetragen, in die Mostpress, abgefüllt, das hat viel Müh in sich, und die gute Kost unserer Bäum, denkt die Hochkoglerin. *Zum Wohl!* Der Schuster vom Tal ist mit seiner Familie herauf, zur Sonntagsjause, wie sie's oft machen. Sie hat die kleine Gruppe schon von der Fern gesehen. Wie sie sich raufgeschlängelt hat, über die Wiesen. Unten, wo der Wald endet, haben sie das Gatter geöffnet, wieder hinter sich geschlossen (drauf schaut sie genau, die Hochkoglerin, damit ihr nicht die Viecher davon), bis sie den letzten Steilhang noch genommen haben. *Das habt's euch verdient. – Dank dir, Hochkoglerin.* Und der Schuster nickt ihr zu. *Soll doch ein guter Tag heut sein.* Und bezahlt gleich die Runde. *Jessas,* sagt die Hochkoglerin. *Jetzt hab ich vier gebracht, dabei seid's nur zu dritt.* Will schon den Most zurücktragen in die Kuchl, hält der Schuster die Hand drauf. *Ist für den Karl, der kommt nach. – Lässt der sich also auch wieder mal.* So sagt's die Hochkoglerin am Weg zurück zum Herd. *Der Karl.* Was wohl aus dem geworden?

Ein adretter Bub ist der mal gewesen. Früher. Wie er im gestriegelten Anzug. Die Wanderschuh arg verdreckt, auch ist er patschert reingestiegen, in Kuhfladen, aber das Mascherl fesch am Kragen und ein Blumenstrauß am Revers. *Eine ordentliche Kinderstube, der Karl,* so hat sie sich's damals gedacht, die Hochkoglerin, *nur seit einiger Zeit.* So starrt sie in den Wald, das stete Rauschen unter ihrem Hof (von da kommen's hoch, die Dörfler vom Tal). Und sie starrt und denkt, *wenn da jetzt der Karl raustritt, wie wird das sein? Hat sich doch sehr verändert, heißt's. Seit er in der Stadt.*

Früher hatte sie ihn sich sogar einmal als Schwiegersohn ausgemalt. Da hatte sie sich vorgestellt, wie's wär, wenn der Karl vom Bleimfeldnerschuster ihre Annemarie nehmen würd, wär's ein Glück? Die Annemarie hat ja geschwärmt für den Karl. *Mutter, ich würd gern zum Tanz,* hat sie, und die Mutter hat gewusst, sie will nur deshalb dorthin, weil auch der Karl am Faschingsball auftauchen wird. Also ist die Hochkoglerin kurzerhand mitgekommen und hat ein Aug auf den adretten Bleimfeldnerbuben geworfen, ob der denn *ein Umgang* sei, für die Ihrige. *Kein Unhübscher,* hat sie sich sogleich gedacht, *ein kluger, ordentlicher Mensch, aber,* und so ist's ihr vielleicht schon damals gekommen, als der Karl an der Seit gelehnt und nur auf die eigenen Füß gestarrt hat und gar nicht auf die Gesellschaft auf den

Tanzbalken, da hat sie ihm das jedenfalls bereits angesehen, die Hochkoglerin. *Der denkt zu viel!* Die Annemarie hat das als Gerede abgetan, aber mit den Jahren ist's deutlicher geworden. Mit jeder Sonntagsjause, für die er vom Tal hochgekommen ist und bei der die Annemarie ihm erst das Jugendgetränk, später den Most, manchmal den Schnaps aufgetischt hat, nur um hernach zwischen Spatzengittern zu spechteln, ob er ihren Blick denn erwidere, der Karl, da hat die Hochkoglerin mehr und mehr den sonderbaren Abgrund in den Augen vom Karl erkannt. *Es heißt, von der Klosterschul her, er sei zu sehr in der Materie. – Geh, red keinen Blödsinn, Mutter.* Und die Annemarie hat sich fesch gemacht, denn sie war zu einer adventlichen Pferdekutschenfahrt in die Bezirkshauptstadt eingeladen, *denkst nicht, wenn ich den Karl frag, Mutter, dass er auch zu den Kutschen kommt? – Ich denk, der tut uns nicht gut. Ist kein Haus hier fürs Denken. Kann der denn einen Zaun aufstellen? Die Viecher hochtreiben? Würd der einem Hahn den Schädel abhacken?*

Da tritt er jetzt raus, vom Wald auf die Lichtung unterm Hochkoglerhof, der Bleimfeldnersohn. Der ein anständiger Mann hätt sein können, so schaut's nun selbst durchs Spatzengitter, die Hochkoglerin, auf ihn, der sich heraufplagt, auf den Karl seine Statur, wie es davor immer die Tochter getan hat. Der Karl, der, wenn's anders gekommen wär, hier ein Schwiegersohn hätt sein können. *Gott sei Dank ist's nicht so gekommen. Schaut's ihn euch an,* spricht sie nun halblaut, wieder die nächste Bratlfetten am Brot auftragend. *Wie der mittlerweil ausschaut. Ganz aufgefressen, von der Stadt, von der Materie.* Was ist's denn für eine Materie? *Die jungen Leut heut haben keinen Verstand mehr fürs praktische Leben.* Und als er nun näherkommt, das Gatter hinter sich lässt, raufsteigt, den letzten steilen Hang, wie's seine Familie vor ihm gemacht, da merkt die Hochkoglerin, *dem ist im Denken schon ein Wahnsinn entstiegen. Völlig nass steigt der herauf!*

Was ist mit dir? Hört die Hochkoglerin die Mutterstimme der Bleimfeldnerin, eine verängstigte, verstörte Stimm, so kommt's ihr vor. *Setzt der sich jetzt zu den Gäst auf die Bänk? Kann's denn sein? Das Gesicht, die Haar, auch das halbe Hemd, die Hose, der hinterlässt ja eine Mordslatschen unter den Tischen!* Die Hochkoglerin legt's Brotmesser nieder, geht einen Schritt zur Tür. *Bin nur kurz hingfallen und ins Wasser,* tut's der Karl ab. Die Hochkoglerin tritt aus ihrer Kuchl, hin zu den Gästen und dem Most und diesem arg verwässerten Sohn. *Grüß dich Gott, Karl. – Grüß dich, Hochkoglerin. – Wirst dich erkälten. – Kannst mir eine Decken bringen?*

Sonderbarer Wahnsinn, so schnauft's, die Hochkoglerin, schnauft rauf, in den oberen Stock, sucht eine Decke raus, für den Badengegangenen, was stolpert er denn rein, in den Käferbach? Gut, dass die Annemarie nicht da ist, sie hätt sich eine Besorgtheit angetan, aber bei so einem brauchst dich nicht sorgen, *der geht wirr und fremd in der Gegend herum,* kein Wunder, dass der wo reinfällt. So schiebt sie sich die Holztreppe hoch, tritt in die Kammer mit den Sachen für den Winter. *Dass der mich nun raufschickt, soll er doch selbst.* Schnauft's weiter, *bin halt eine zu gute Haut.* So sagt sie sich's gern, ins Spiegelbild rein, wenn sie sich in der Früh im Wassertrog die Nacht rauswäscht, da schimmert zwar bereits das Alter der Hochkoglerin drin, im kalten Brunnenwasser, aber sie rennt noch immer wie der Teufel über die Häng und schafft den Hilfskräft ordentlich was an, lässt sich vom Knecht gegenüber gern die Mahd hereinholen. *Ist hier ein guter Boden und wer eine gute Haut, der hat hier ein gutes Leben.* So ist's die

Gewissheit der Hochkoglerin, und eine ebenso gute Haut hat auch die Annemarie verdient. Einen, der was versteht, von der Landwirtschaft. *Einen Gestandenen.* Jetzt holt sie die Decken raus, sucht nach einer, die sie nur mehr für die Katzen auflegt (wer weiß, hat der Karl was Krankhaftes auch von der Stadt!).

Man hört ja allerhand. *Zuständ sollen's sein.* Das weiß sie, denn das hat ihr ein Fotograf berichtet, der auf der Durchreis war. Der hat von der Vorstadt in Wien erzählt, den jämmerlichen Seelen, die zusammengepfercht die Betten teilen, ohne ordentliche Mahlzeit, ohne ein Wort, das man verstehen könnt, *weil's selten ein Deutsch sprechen,* so der Fotograf. *Ja, dann sollen's woanders hin,* hat die Hochkoglerin am End seiner Ausführung den Strich gezogen. *Hier noch eine Zuwendung zu verlangen, wenn's selbst nichts an Aufwendung machen wollen,* da ist die Hochkoglerin viel zu geschäftstüchtig, um sich von Jammergeschichten das Fleisch madig machen zu lassen. *Muss man eben ausmisten, den Saustall.*

Die Hochkoglerin hat eine Decke gefunden. Will's rausbringen, zum waschelnassen Bleimfeldner. Da fallen ihr ein paar Zetteln entgegen. Ein Prospekt, den sie seit dem Winter versteckt gehalten hat. *So was darfst nicht offen liegen lassen, Hochkoglerin!* Das waren dem Edelbauer seine Wort, als er ihr's hingehalten hat: *hier. Was Erbauliches.* Und die Hochkoglerin hat sofort gewusst, wovon der Edelbauer redet. Solch *Erbauliches* war bereits kursiert, durft aber über die Jahre nur im Geheimen studiert werden. So hat's auch die Hochkoglerin studiert. Und es hat ihr die Augen geöffnet, weil in dem Prospekt endlich auch *das* ausgesprochen wurde, was sie lang für sich gedacht hatte. *Läuft so viel falsch. – Meine Red, Hochkoglerin.* Und der Edelbauer hat ihr die paar Zettel beim Kirchgang in die Tasche geschoben. *Müssen uns rüsten. Weil wer dumm bleibt, den überfahren's, die da oben.* Die Hochkoglerin hat sich eintragen lassen, wie so viele. Zuerst nur unter der Hand. Jetzt aber, seit der Hitler *eh schon über die Grenz ist*, im März, ist es *ratzfatz* gegangen. Wer jetzt noch nicht dabei gewesen ist, war selber schuld.

Unter den Bauern war's bald eine Klarheit. Das Schlimmste wär, den eigenen Hof zu verlieren, *wegen den Judengfrastern, Saukommunisten, Spekulanten, alles Arschlöcher! Derhängen sollt man's! Der Hitler räumt auf!* So und so ähnlich ist *in diesen Tagen* beim Bauernstammtisch geredet worden. Und dass ein Sondergesetz kommen wird. *Der Hitler, der redet nicht nur, der tut was.* Erbhof wird's bald sein! Der Hochkoglerhof wie so viele in der Gegend endlich von der Schuldenlast befreit! Auch sie hat freilich drum für den Anschluss gestimmt. Aus Überzeugung? Wegen dem Edelbauer, der doch allerhand *zu sagen hat* auf der Gemeinde und *gut Freund ist* bis rauf zur Bauernkammer? Oder aus Sorg, dass der Ertrag ausbleiben könnt? Ist ein kleiner Hof, kannst dir wenig erlauben. Und es sind die Jungbauern den ganzen März von Tür zu Tür, haben vorgesprochen, für den Hitler geworben, und da ist auch das eine oder andere Wort gefallen, *dass man sich nicht blöd spielen bräucht.* Dass es auch einen Unterschied machen muss, wo nun gekauft wird und wo nicht. *Die Leut halten zsamm. Aber so ein Zusammenhalt, der kommt nicht vom Weihwasser allein.* Das weiß die geschäftstüchtige Hochkoglerin nur zu gut, oben, unterm Dach, gebückt, im alten Erbhof, für den sie ihr Leben immer geopfert, die gute Haut.

Jetzt hört sie von draußen plötzlich lauten Wortwechsel. Die Familie bei der Sonntagsjause wird doch hier nicht in einem unangebrachten Tonfall? Aber das war ja zu vermuten, denkt die Hochkoglerin, die Winterdecke nun unterm Arm, schleppt sich zurück, die Holzstufen runter, es ist ja nicht nur mit dem Karl die Veränderung passiert. Auch der jüngere Bruder, der Hubert, ist vom Lausbuben zum Satansbraten geworden. Als hätt sich was in die Kinderstube reingeschlichen, *seit den Jahren des verlorenen Anstands,* und in die Erziehung im Bleimfeldnerhaus. Und wenn sie's nun recht überlegt, die Hochkoglerin, schon an der untersten Stufe angekommen, den Stimmen von draußen wieder näher, dann hat sich zwischen dem Schuster und seiner Frau etwas eingeschlichen. So verliebt waren's manchmal und fidel, da ist auch gescherzt worden und gesungen, doch dann gab's einen Abend, da wollt der Schuster gar nimmer heim. Wieder und wieder hat er eine Runde bestellt, und seine Frau, eine zierliche Person und eine wiederum zu gute Haut, die hat es erst mitgemacht, dann immer dringlicher aber den Weg nach unten ins Tal gesucht, *hörst, Schuster*, hat ihren Mann Schuster genannt, *jetzt hamma's aber, Schuster.* Und sie hat den Alkohol gemeint.

So steht die Hochkoglerin wieder in der Kuchl, spechtelt raus, auf die Bleimfeldners, die einmal ordentliche Leut gewesen sind, *wie's auch sonst eine Ordnung war, im Dorf, im Land.* Nun aber, da ist der Alte zum Säufer, der Jüngste zum Dieb, die Mutter verstummt und der Karl sitzt mit nacktem Oberkörper und nassem Haar auf der Hochkoglerin ihrer Gästebank, sonderbar durchtrieben und rot im Gesicht, als würd's Blut kochen. Er ruft lautstark, *jetzt redet's doch. Redet's.* Und der Schuster mit der Faust am Tisch, *sei still.* Und der Karl fährt dagegen, *muss es wissen, Vater.* Was will er wissen? Was ist die Sache, die hier nun zum Streit? Die Hochkoglerin reckt den Kopf, will sehen, wie die Miene des Schusters, ob er mit Geduld oder in Hitze bereits dem Sohn gegenübersitzt. So eine Unart, nun an diesem Sonntag zu einem Streit heraufzukommen. Und dann noch alles nass zu machen. Nur die Schwester, die fleißige Friedl, die nie eine Hübsche und immer eine Unscheinbare, die versucht den Ton zu wahren. *Musst verzeihen, Hochkoglerin,* sagt sie ihr entgegen, auf der Stuf nach draußen, die Friedl, *musst verzeihen*, nimmt die Decke, *aber der Karl verrennt sich allerweil in Gedanken.* Und sie will das Gespräch in eine andere Richtung lenken, scherzt verlegen, rein, in die ungute Stille nun zwischen Vater und Sohn, da fragt die Mutter laut, als würd sie ablenken wollen: *Ist denn die Annemarie gar nicht da? Karl. Die Annemarie. Hast dich doch immer gut verstanden mit der Annemarie. Wär das nicht eine schöne Sach, wenn ihr euch mal wiederseht? – Geh, Mutter,* schnauft der Karl. *Weißt, Hochkoglerin,* fährt die Mutter aber unbeirrt fort, *in der Stadt sind's ja doch nix für ihn, die Frauen.* Jetzt schüttelt er den Schädel, der Karl, die Mutter aber noch weiter: *Weißt, der Karl überlegt, ob er nicht doch was anders macht, von der Geschichte kriegt er zwar einen vollen Kopf, aber ob sich draus ein Beruf ergibt?* Steht nun auf, der Karl, die Decke, die ihm die Schwester umgelegt hat, fällt auf die Steinplatten vorm Haus, halb auf feuchte Erde am Wegrand. *Nichts überleg ich. – Aber Bub. Hast doch gesagt.* Der Karl fährt die Mutter an. *Du hörst nicht zu.* Fährt alle an. *Keiner hört zu. Was wisst's ihr von der Stadt? Habt's ja keine Ahnung!* Er kehrt den Rücken. *Ist doch alles nur ein Sumpf hier!* Der Schustervater schreit drauf erbost. *Karl!*

Die Annemarie hat im letzten Jahr geheiratet. Da stockt er kurz, der Karl. Als würd's ihn doch interessieren, was denn geworden, aus einer vermeintlich alten Lieb. Aber dann lacht er nur. *Lacht alle aus,* flucht die Hochkoglerin für sich. *Was erlaubt der sich!* Die Friedl hält den Bruder zurück, bückt sich nach der Decke, schüttelt Erde runter, *ich entschuldig mich.* Der Säufervater kippt den dritten Most runter, den seiner Frau, den seines Sohnes. *Was lachst da blöd? Was gibt's da blöd zu lachen?* Muss husten, *was kommt da alles hoch?* Geht ihm halb im Stolpern nach, der Vater dem Sohn. Der Karl baut sich auf. *Was? Vater. Was willst? – Er meint's nur gut.* Die Mutter befürchtet was Arges. *Du bist so anders, Karl.* Die Friedl sucht die Bruderhand, der stößt sie jetzt weg. Der Schustervater macht einen Schritt vor. Will der nun aushauen? *Du lachst da nicht übers Dorf. – Hast mir nix mehr zum Sagen.* Jetzt geht die Vaterhand fest an den Sohn ran, der drückt sie aber weg, ist's zu fest?

Der Karl hat seinen Vater umgehauen. Die Sonntagsjause steht verlassen. In den Krügen Reste von Gegorenem. *Solltest dich was schämen.* Weint die Mutter? Die fleißige Tochter in der Scham. Als würd's das erste sein, was sie tun könnt, geht ihre Hand zu einem Kreuzzeichen auf die Stirn. Rennt dann dem Bruder hinterher, der hastet fort. Nicht runter ins Dorf, sondern den Hang weiter hoch und rein in den Wald, wo's dichter wird und kein Wanderweg mehr hinführt.

6

Hirscht der Lang durch den Wald. Ist seine Gegend, kennt jeden Steig, der Lang, jeden Baum in seinem Forst, und sucht raus, was heute gefällt werden soll. Will für den Führer einen Führerstamm, eine mächtige Eiche, grad und erhaben. Geht drum die Pfade ab, der Förster Lang. Die Führereiche wird herhalten für ein Prachtstück von Balken. Und wie der trägt, so ein Führereichenbalken. *Trägt gut ein paar hundert Jahr,* möcht fast sagen *tausend.* Aber so verwegen ist er nicht, der Lang, auch wenn in ihm ein Brodeln, ein entfachter Mensch ist er heut, beinah euphorisch, so kennt er sich nicht. *Kenn dich so gar nicht,* hat ihm auch die Mesnerin nach der Morgenandacht nachgerufen, weil er in einer Freundlichkeit sogar gegrüßt, *was ist in den Lang gefahren?* Der Führer ist in mich, denkt er, voll Tatendrang. Ist mit der Axt gleich nach dem Urnengang losgezogen, will, dass es ein gutes Tagwerk wird.

Er weiß genau, wo der Stamm steht. Hat ihn sich bereits früh ausgesucht, im letzten Winter. Wenn er ehrlich ist, hat er jeden der letzten Winter diesen einen besonders kräftigen Stamm verschont. In unnachgiebiger Hoffnung. Prophetisch hat er jedes Jahr zur Mesnerin gesagt, *wirst sehen, heuer kommt der Führer. Und dann hab ich den richtigen Stamm für ihn.* Die Führereiche ist weiter gewachsen. *Sie wird absterben,* hat ihn die Mesnerin ein jedes Jahr geärgert, er hat's weggeschnauzt. Die hagere Frau, was versteht die von Standhaftigkeit! Zündet Kerzen an, wischt dem Pfarrer die Sakristei, bringt den Kelch zum Strahlen, sie ist eine gute Person, die tut, was man von ihr verlangt. Aber einen rechten Glauben wird sie nicht haben! Er hingegen hat nie dran gezweifelt, dass er kommt, der Tag, da alles an gewachsener Größe hier in seinem Wald einen Sinn ergibt. Freilich ist's nicht *sein* Wald, der Lang muss sich oft schmähen lassen, weil er sich verredet. *Bist nur unter der Fuchtel vom Kloster.* Die Wälderei gehört den Katholischen, wie so viel in diesem Land. Aber er hat ein Ansehen, so ein Klosterförster, und er muss ein ganzes Regiment anführen, an Hilfskräften. Wenn der Winter hereinzieht und der Wald das Wachsen sein lässt, zieht er aus und schafft das Holz herbei fürs Heizen der weiträumigen Stiftsgemäuer, bringt die bessere Ware zum Sägewerk oder in die Stiftstischlerei, kippt mit dem Gallinger unter der Werkbank einen Hochprozentigen, den bringt der Gallinger aus Böhmen herein. *Kommt nicht viel Gutes aus Böhmen,* denkt der Lang, *aber das muss man ihnen lassen.* Nur die zwei neuen Lehrburschen, die gefallen ihm nicht, der Gallinger sieht's wie er. Und als Meister haut der Gallinger den böhmischen Burschen immer wieder eine auf die Finger, oder auch mal ins Genick, *ist schon eine harte Schul auch, das Katholische,* so lachen's, der Klostertischler und der Klosterförster, saufen das böhmische Zeugs aus.

Morgen will der Lang dem Gallinger die Führereiche vors Tor tragen lassen, stolz wird er dann abgelichtet, so denkt er sich's aus, wird hängen die Fotografie, in einem der Klostergäng, rüber in die Käserei oder nach hinten ins Internat vom Gymnasium, oder entlang am Weg zum Prachtsaal. Dort wird der Klosterförster mit der Führereiche hingerahmt, *so einen Stamm haben's selten gesehen, ist ein heiliger Stamm,* wird er sagen, und den Abt bitten, eine Segnung des Holzes vorzunehmen. *Der Baum hat über Jahrzehnte die Ankunft des Führers erwartet und trägt unsern Tränenschmerz, hineingeweint in die Erden, raufgetragen in die Wolken, herabgefallen auf den Wald. So gewachsen. So nun gefällt, zur rechten Zeit.*

Er durchquert das Gelände in einer Eile, es darf ihm nichts dazwischenkommen, jagt den Forstweg hoch, fast im Laufschritt. Wo die Gabelung zum Hausberg beginnt, sticht er links rein, hantelt sich das unwegsame Stück am rutschigen Abhang entlang weiter, steigt über Wurzelwerk, zieht sich an Ästen und Gestrüpp rauf, bis er an der nächsten Anhöh *die* erreicht, die er auserkoren hat. Da steht's. In ihrer Einmaligkeit. *Eine schöne Eiche*, hat's der Gotthard genannt. Der Gotthard ist an einem heißen Herbsttag mit seinen Schülern heraufgegangen, da sollten sie Goethes Gedichte lesen, es seien ja Naturgedichte. *Diese schöne Eiche wird uns Goethe zum Klingen bringen.* Er nannte sie beim nächsten Mal, als er raufkam, seine *Klassische*. Der Gotthard ist für den Lang zwar ein sonderbarer Vogel, und mit den Worten und den Büchern hat's der Lang noch nie gehabt, doch bei diesen Ausflügen des Priesters, der seinen Schülern die deutsche Literatur näherbringen wollte, ins Gelände des Försters, da entstand eine Komplizenschaft zwischen dem einen und dem anderen. Dass der Gotthard den Goethe als einen *wahrhaft deutschen Dichter* darstellte, das mochte der Lang gerne hören. Und dass dieses Deutsche auch in diesen Wäldern hier erklingen konnte, gerade weil auch dies ein *deutscher Wald* sei, das hörte er noch lieber. Der Gotthard hat zwar immer geschmunzelt, wenn er den Stämmen hier einen Charakter auch zuschrieb, und er tat's mit großer Geste, weil er ja auch ein Mensch vom Theater ist, der Gotthard, aber später, als dann die Gymnasiasten mit ihren Büchern und dem deutschen Gefühl zurück in die Klosterräume gewandert waren, da ist er oft noch geblieben. Auf eine gemeinsame Pfeife. Am Anfang hat der Priester sich nur erkundigt, wie man gemeinsam dem heruntergekommenen Theatersaal im Kloster eine bessere, zeitgemäßere Ausstattung schaffen könnt. Bis dann zwischen den Zeilen auch die Politik zur Sprache kam. *Ein Priester mit einer Haltung, muss man ihm lassen,* hat der Lang sich nach dem ersten tieferen Gespräch gesagt. Und immer tiefer ist's geworden, und der Ort, wo die Führereiche heranwachsen sollte, bis zu diesem großen Tag, hat mittlerweil so manches Unsagbare in sich verborgen. Der Wald ein Geheimnisträger.

So steht der Lang nun davor, die Führereiche ragt in die Höh, das Prachtding, eine Klarheit im Wuchs. Und unter ihr das Gefühl, gehalten zu sein. Er umkreist sie, die Handfläche an der Rinde, furchig, grob. Setzt die Axt an. Umfasst den Stiel, es muss ein kräftiger erster Stoß sein, da kreischt's in den Wipfeln. Zwei Vögel im Gerangel. Der Lang setzt ab. Blattwerk fällt runter, er pfeift nach oben. Die Viecher verfliegen sich. Der Lang dreht sich erneut der Eiche zu.

Wenn auch alles fällt, die hier bleibt stehen, hat der braune Oskar gesagt. Ist manchmal am Wochenende mit Schulkollegen durch den Wald, als eine Ertüchtigung, weil's im Turnen einen Schwächling vorne stehen hatten, *der sieht im Marschieren eine Verdummung und im Boxkampf eine Verrohung, wir haben ihn ausgelacht,* hat der braune Oskar halbstark von sich gegeben, da war der noch ein Jahr unter der Abschlussklasse. *Ist ein verweichlichter Haufen in der Lehrerschaft, und wird viel an Nutzlosem unterrichtet. Das stinkt uns.* Gejohle der Umstehenden. Der braune Oskar ist in Fahrt gekommen. *Und wie das stinkt. Vom Kopf.* Im Wald beim Lang durften sie solche Sätze sagen. In den Klostergängen duckten sie sich weg, fürchteten, vor den Direktor geschleift zu werden oder den Abt. *Der Kopf hat keine Ahnung von der Straßen da draußen. Ich komm von einem einfachen Elternhaus, musst wissen.* Und der braune Oskar hat sich zum Lang gesetzt. Gemeinsam haben sie eine Wurst gegessen, der Lang hat gehört, was der Gymnasiast niemandem sonst hat anvertrauen können. *Wir sind nicht verweichlicht,* ist er sich sicher, *wir werden's.* Der braune Oskar haut gegen Stämm, bis ein ganzer Ast am Brechen. Er hat den Lang dabei angeschaut, entsetzt. Aber der Lang hat nur gesagt, *ist gut, deine Wut.*

Also hat er den Trupp um den Oskar gewähren lassen, die Burschen aus dem Internat, die in dem Abt einen *humanistischen Volltrottel* zu erkennen glaubten, *der lieber Südamerikanerkindern den Arsch putzt, anstatt der deutschen Jugend einen Anstand zurückzugeben.* Sie sind immer wieder gekommen. Haben sich die nackten Fäuste blutig geschlagen. *Irgendwo muss es ja raus,* hat sich der Lang gedacht. Und er hat gesehen, wie athletisch sie waren, wie sie gierten danach, die Faust des anderen zu fühlen, sich einen Stoß hineinzurammen. Bald hat der Lang sich dazugestellt, hat sie trainiert, wie er früher selbst trainiert worden war. *Gegen wen hast gekämpft?* Der Lang hat bald das Ansehen des Trupps genossen. Und am meisten vom braunen Oskar. Am letzten Schultag hat der ihn gefragt, ob er gegen ihn antreten dürfe. Der Oskar gegen den Lang.

Sie haben die Regeln vereinbart. Es sollte nicht bis zum Letzten kommen. Es sollte mit bloßer Faust geschlagen werden. Und würde einer aufgeben wollen, so würde man es freilich zulassen. So war's die größte Hetz an dem Abschlusstag, es hatte sich rumgesprochen. Der Klosterförster gegen den Klosterschüler, unter der Führereiche. Ein Kampf unter Gleichgesinnten. Da war's dann augenscheinlich. Die Schar, die sich hier einfand, sie waren alle vom selben Schlag, so groß war die Anhängerschaft, und es bräuchte nicht mehr viel, wenn man diese Jugend nun auf das Land übertrug, wenn diese jungen Männer auch im übrigen Land sich in dieser Zahl so einfinden würden, *wenn alle nun wie wir!*

Der Oskar hat in seinem Blut gestrahlt und ist rücklings ins Laub gefallen, den Försterschlag nicht mehr parierend. Glorreich ging er k.o. Die Schar tobte. Der Lang hat sich hingekniet, ihn gerüttelt, den Burschen, der ihm wie sein eigener Sohn vorkam, da ist plötzlich alles verstummt. *Was war?* Die Schar an Gymnasiasten, von allen Jahrgängen sind sie dagewesen, ist auseinandergerückt. Einer hatte sich daruntergemengt, der war hier fehl am Platz. Ist nun rein, in den Kreis. Der braune Oskar hat's Aug wieder aufgemacht, einen Zahn weniger, und Schleim gespuckt. *Was schaust denn so, Bleimfeldner? Schleich dich.*

Der Bleimfeldner Karl also, keiner von ihnen, keiner der Gleichgesinnten, ein Einzelgänger, so ist der herangestakt, schlaksig, sonderbar ungelenk, der Oskar ist hochgeschossen, *oder willst Drisch?* Die Schar hat sich um den Bleimfeldner Karl verengt, der Oskar ist an ihn ran, Nase an Nase, *was hat er denn hier zu suchen? Ist immer an Orten, wo ihn keiner braucht. – Hört's auf.* Hat der Lang damals noch gesagt. *Ist doch euer Abschlusstag.*

So kommt dem Lang alles an Erinnerung über diesen Ort wieder hoch, noch die Hand am Stamm. Setzt erneut an, mit seiner Axt. *Was hast vor?* Die Stimm vom Gotthard hinter ihm. *Ich fäll die Führereiche.* Holt aus, der Gotthard ist mit einem wuchtigen Schritt an ihn ran, drückt ihn nach hinten, die Axt fällt zu Boden. *Dummer Mensch.* Spinnt der Priester? Die beiden Männer umlauern sich. Der Förster bräucht nur wenig, den Zisterzienser wegzurammen, der aber steht in seiner inneren Größe da, als eine Erscheinung. Der Gotthard strahlt Ruhe aus. Der Gotthard spricht

Kluges. Der Gotthard hat ein Ohr, für die jungen Leut, und nicht nur für die jungen. Weil der auch mit der Zeit gehen kann. *Der Orden hat viel falsch gemacht,* heißt's dann entschuldigend. Es fehlt auch an Geld. *Wir haben hier nicht den Prunk und die Verschwendung,* heißt's dann weiter, *wie bei den Benediktinern.* Ist eine Sparsamkeit und Einfachheit, die das Leben hier bestimmen. Und doch fallen auch hier schwarze Schafe von ihrer Bestimmung ab. Wird dem einen die Völlerei nachgesagt. Dem nächsten die Hurerei. Das Katholische ein Sumpf, so soll's auch gesagt worden sein, in der Weinstube zu später Stund. Der Gotthard war da immer aus einem anderen Holz, das haben ihm die Leut vom Dorf angerechnet. Und einer aus so einem Holz, der ist mit den Leuten auf Du und Du, der schwebt nicht irgendwo auf Allerherrgottswolken und hält sich für was Besseres, der kann auch mal einen einfachen Scherz machen, das ist was wert. Also schlägt er nicht einfach drauf, der Förster auf den Priester, der ihm grad die Axt fortgerissen hat, einen Kopf kleiner.

Jetzt macht der Gotthard den Mund auf. *Dummer Mensch. Ist nicht gewachsen, dieser Stamm, um zu sterben, wenn das doch erst der Beginn. – Gib keine Predigt, Gotthard. Ich schlag das Holz, wie ich's immer schlag. Bei abnehmendem Mond ist's gut fürs Bett. Und heut, sag ich dir, ist's gut für die Balken. Wird ein ordentlicher Balken für den neuen Theatersaal, dann kannst ein ordentliches deutsches Stückl geben.* Greift zum Stiel seiner Axt, der Gotthard tritt mit dem Stiefel drauf. *Dieser Baum braucht sich nimmer im Versteckten aufhalten. Er braucht sich nimmer ducken. Er braucht nicht den Verrat fürchten. Heut willst ihn schlagen, Lang? Es ist der Tag, wo alles andere fallen darf. Hau ihm von mir aus die Aussicht frei. Das wär ein Zeichen.*

Der Lang fällt zusammen, seine Hand zittert, und als würd's eine Träne sein, die da dem harten Mann die äußerste Schicht aufbrennt, wimmert er leicht. Das hat er so nicht gedacht. Er hätt's gewünscht, so weit gedacht zu haben. Nur, der Lang denkt eben, wie er denkt. Da muss er froh sein, dass einer wie der Gotthard vorbeikommt. Wie er es immer getan hat. Unter Verschworenen. *Aber was red ich.* Brummt der Gotthard nun vor sich hin. Klopft dem Lang auf die breite Schulter. *Der Förster bist immer noch du. Wirst fürs Kloster das Beste tun.*

So steigt er weiter, der Gotthard, verschwindet in der weiß-schwarzen Kutte zwischen Fichten. Der Lang beginnt sich zu sammeln. Dann haut er drauflos, in voller Gewalt. So viel an Bäum sind noch nie gefallen. Wie dumm er doch war. Der Gotthard hat recht. Der Führerstamm überragt bald alles hier. *Nun braucht's die Freiheit in der Erden drin. Für ein enormes Wurzelschlagen.* Der Förster will sich gar nimmer halten. Und er haut sich, bis weit hinein noch in die Abendstund, eine Lichtung frei, unnachgiebig alles rundherum niedermetzelnd. Das kracht übers Tal raus, alle hören's, wie der Lang im Wald wütet.

7

Steht die kleine Zorn im Stiftshof, sie weiß nicht, dass es Angst ist, was ihr nun den Körper zum Zittern bringt, über Jahre wird es anhalten, ihr Zittern. Sie nennt es derzeit noch eine *Grobheit*, fährt ihr rein, diese Grobheit, so steht sie, unruhig hin und her zappelnd. Ein Papier in den Fingern eingekrallt. *Häng das auf, Kinderl*, so hat man's ihr vorhin gesagt, *da sind die Nägel, du kannst doch nageln?* Den Hammer hat ihr die Tante in den Schurz gesteckt, dann ist sie losgeschickt worden. *Alle tun das heut. Machst uns einen Stolz, Kinderl.* Und die Tante, aufgemalt ein Feiertagsgesicht, hat gestrahlt, die kleine Zorn ist los. Ist auch der Peter ausgeschickt worden und die Marie, ein jeder mit dem gleichen Papier, den Nägeln, ein Hammer für jedes Kind, *seid's doch unsere Musterkinder!* Alle, die sich mit einer Eins hervorgetan, haben heut den Vorrang. Sie hat sich dafür extra gemeldet, die kleine Zorn, ohne zu wissen, wofür, aber so ist das nun mal, wenn rundum einem alles das Gefühl gibt, als Schnellste aufzeigen zu müssen, sich die Zöpf noch adretter nach hinten zu legen, die Beine ordentlicher nebeneinand, Knie zusammen, das Einmaleins flinker als sonst aufgesagt. Und auch die neuen Ansichten des neuen Herrn Oberlehrer hat sie so rasch wie keine andere auswendig gelernt, die Eltern haben gestaunt. *Was sich die Kleine alles merkt.* Die Mutter war zwar fast etwas traurig, so hat's den Anschein gemacht, aber die kleine Zorn hat gedacht, vielleicht muss sie die Zeilen einfach noch strenger und lauter aufsagen. Sie hat's wiederholt und wiederholt, bis die Mutter gesagt hat: *Schon gut, Kind. Geh lieber in die Luft raus, sollst auch was Unbesorgtes noch haben. Eine Kindheit*, hat sie gesagt, die Mutter, aber die kleine Zorn hat noch weiter die Sätze des Herrn Oberlehrer gelernt, denn sie wollt unbedingt, dass sie heute, an diesem Tag, so wie der Peter und die Marie in der ersten Reih stehen darf, unter Musterkindern. Gleich hinter dem Herrn Bürgermeister. Die Tante hat ein Foto gemacht. Dann haben sie Würstel bekommen und ein frisches Semmerl. So gut hat's ihr schon lang nimmer geschmeckt.

Bald wirst auf Lager geschickt, Madl, die Tante hat das schon eingefädelt, die tut sich um dich jetzt vermehrt kümmern, so hat sie's ihr ins Ohr geflüstert, die Tante, beim Ins-Bett-Gehen, ein Kuss auf die Stirn. *Hat ihr Flöh in die Ohren gesetzt,* so sagt's der Vater, *das Dirndl braucht kein Lager, die soll in den Stall,* aber die Tante ist da anderer Ansicht. *Die Kleine ist eine Geschickte. Und wer geschickt ist, wird gesehen. Und wer gesehen wird, aus dem kann auch was werden, Madl.* Die Tante erzählt dann immer von der Ausbildung als Rotkreuzschwester, das hat der kleinen Zorn sehr gefallen. *Du kannst für die Verwundeten da sein. – Wer ist denn verwundet?* Hat sie gefragt. *Hoffentlich niemand. Aber es ist wichtig, dass wir wach sind und da sind. Es braucht nun die großen Töchter der Nation.* Sie hat es mit großer Geste vorgesagt und die kleine Zorn hat's im Pausenhof nachgemacht. Die Frau Lehrerin war so angetan, dass die Zweitklässlerin bei der Weihe gestern Abend den Segensspruch aufsagen hat dürfen. *Für den lieben Herrn Führer.* Und für den zieht sie nun aus.

Sie krampft die Finger. Das soll sie nicht, sie gibt sich selbst einen Ruck. Das Papier in ihrer Hand darf nicht verknittern. Doch die Grobheit durchfährt sie wieder. Sie kann nichts dagegen tun, zittert am ganzen Körper.

In der Schul hat's angefangen damit. Als die Frau Lehrerin das eine Wort auf die Tafel geschrieben hat, das Wort von den *Volksverrätern*. Die kleine Zorn hat aufgezeigt, *ja bitte, Leopoldine?* Da haben wieder alle lachen müssen, weil die Frau Lehrerin, die mit dem Herrn Oberlehrer neu gekommen ist und ja von ganz woanders her ist, die also *keine Mundart spricht*, sagt die Mutter, die sagt Leopoldine. Nicht Poldi. *Sie kommt eben aus einem besseren Haus. – Warum ist sie dann da? – Frag nicht immer so viel,* hat der Vater nur gemeint, *die Ziegen kannst reintreiben.* Sie fragt jetzt trotzdem. *Ja, Leopoldine?* Wieder sagt sie den vollen Taufnamen. Die kleine Zorn ist rot geworden. *Du hast eine Frage, also tritt vor und frag laut und kurz.* Die kleine Zorn ist aufgestanden und hat sich in den Gang gestellt und gefragt: *Was ist ein Volksverräter?*

Die Frau Lehrerin hat genickt und gemeint, das sei eine gute Frage. Sie hätte eben erläutert, dass es die Pflicht sei eines jeden im Dorf, am kommenden Sonntag für den Führer zu stimmen, weil das nun mal so sei. Damit es allen wieder gut gehe. Das hat die kleine Zorn verstanden und sie hat's ja genauso gesehen, dass es nämlich gut sei, wenn's allen gut gehe, und wenn's ab Sonntag noch besser würde, dann sei dies am besten, aber dann hat die Frau Lehrerin gemeint, wer am Sonntag daheimbliebe und nicht wählen würde, sei genau das, was sie auf die Tafel geschrieben habe. Und dann ist die Stimme der Frau Lehrerin eindringlich geworden, und das mag sie nicht, die kleine Zorn, wenn wer so deutlich redet und so finster auch schaut, eben mit so einer Grobheit in den Worten: *Volksverräter sind schlechte Menschen. Die aus Bosheit oder Hass oder aus einer verbrecherischen Gesinnung heraus der Gemeinschaft in den Rücken fallen. Verstehst du das?* Und die Frage ist nun direkt an die kleine Zorn gegangen. Und weil die kleine Zorn nicht gleich reagiert hat, weil sie ja noch nachdenken wollte über das, was da gesagt worden ist, weil es doch wichtig ist, dass man nachdenkt, über das Gesagte, so hat es ihr jedenfalls immer die Mutter eingeprägt, da hat die Frau Lehrerin es wiederholt. Und dabei mit der Hand auf die Tafel geschlagen (das hat laut geknallt). *Wer einen Volksverräter am Sonntag erkennt, der hat die Pflicht, diesen zu melden. – Was passiert denn mit so einem Menschen?* hat die kleine Zorn zurückgefragt. *Leopoldine.* Hat die Lehrerin gemeint. Und rund um die kleine Zorn ist wieder gekichert worden. *Ruhe jetzt!* Da ist die Lehrerinnenstimme schrecklich in die Höh gefahren. Und die kleine Zorn hat den Kopf gesenkt. *Was würdest du denn mit so einem Menschen machen?* Da hat sie einfach nur das gesagt, was ihr als Erstes in den Sinn gekommen ist. *Fragen. – Was willst denn fragen? – Na. Wieso er daheimgeblieben ist.* Jetzt schnalzt der Lehrerinnenstab. *Eine Nationalsozialistin fragt nicht lange nach. Sie schafft Tatsachen. Merk dir das.*

Sie spürt seitdem das Schnalzen, das ihr gar nicht wirklich gegolten hat, aber sie hat sich vorgestellt, für einen Moment, die Tafel zu sein, mit der Aufschrift drauf, über ihrem ganzen Körper, *Volksverräterin.* Da ist also die Grobheit der Lehrerinnenworte zum Zittern im Kinderkörper geworden, und so ist die kleine Zorn schon den ganzen Tag in einer ungewohnten Stille zwischen den Reihen der Musterhaften gestanden. Und als dann die Tante ihr den Auftrag erteilt hat, jetzt loszugehen, wie sie es geübt hatten, da ist ihr gewesen, als würd sie geschoben werden, fest, von hinten, aber im Innern hat sie sich dagegengelehnt, keinen Millimeter wollt sie verschoben werden. Das war alles sehr mühsam und es hat ihr den Atem genommen. *Ist das nicht seltsam,* fragt sich die kleine Zorn nun keuchend, *wenn alle schreien und toben, und ein Riesendurcheinander passiert, und auch der Peter hat gejubelt und geklatscht, auch die Marie?* Nur sie verstummt. Sie mag es nicht, wenn es zu laut wird. Das geht ihr gegen den Strich. Aber sie will heute keine Volksverräterin sein. Also nimmt sie das Papier mit den aufgedruckten Zeilen, hebt's hoch, hält's vor sich gegen das hölzerne Tor, fasst nach dem ersten Nagel und versucht, nicht abzurutschen. Sie drückt Nagel und Papier zusammen ans Portal, sie schielt um sich, *ist da wer? Wenn sie jetzt gesehen wird?* Sie schämt sich. Dabei hat die Tante gemeint, es darf ruhig jemand sehen. Es soll sogar jemand sehen. Und der Peter hat gemeint, er wird's extra laut machen, in seinem Revier. Damit alle hinschauen. Wie er die Zettel an den Häusern anbringt.

Jetzt merkt sie, die kleine Zorn, dass sie tatsächlich beobachtet wird. Von der Tante? Oder von den Kernbrüdern? Die sind heut zuständig, für die *Aktion.* Die Kernbrüder haben alles ausgekundschaftet und wissen genau, welche Häuser *fällig sind,* so haben sie's genannt. Sie haben die kleine Zorn instruiert, so wie sie alle Losgeschickten instruiert haben, und jetzt werden die Instruierten kontrolliert. So ist das eben, denkt die kleine Zorn. Und alle sprechen in derselben Grobheit wie die Frau Lehrerin. Es würd sie nicht wundern, wenn bald das ganze Dorf durch die Grobheit ins Zittern gerät. Ein Zitterdorf stellt sie sich vor. Aber wer ist schuld? Das kommt doch nicht einfach so?

Nagelt's die Mahnungen in aller Öffentlichkeit auf, so ist ihr gesagt worden. *Und sagt's nix dazu. Lasst's euch in keine Diskussion ein. Vorschriften werden angebracht und nicht kommentiert.*

Die kleine Zorn spürt, dass man ihr folgt, dass man haargenau darauf achtet, ob sie alles richtig macht. Sie denkt nicht mehr nach. Sie will schnell zurück. Einmal noch dreht sie den Kopf. Auch wenn sie niemanden sieht, sie weiß, immer ist nun jemand da. Da macht's einen tiefen Schlag, direkt über ihr, im Kirchturm. Noch einen. Und noch einen. Es ist drei. Und die kleine Zorn tut ihre Pflicht.

8

Klopft der Schustervater das Leder, drischt rein, mit der Wucht seiner Wut auf den Karl, *den dummen Bub.* Die Werkstatt in einer Unordnung, die Geräte halb am Boden verstreut, halb auf der Werkbank, die Riemen für den Bauern im Staub, die Stiefel für die Frau Kern ins Eck geschleudert. Nach Alkohol stinkt's. Und der Schustervater redet vor sich hin, verhärteter Blick, ist's die Leier eines Zerrissenen? Eines Mannes, der gern einen Sonntag in Ruh verbringen hätt wollen, an dem ihm keiner was nachzusagen braucht, wie's so oft neuerdings passiert, und der doch allzu gern provoziert. *Jetzt halt's Maul,* sagt dann immer seine Frau, sie hat's nicht leicht mit ihm, nur das Maul ist das Letzte, was er hält. Weil's doch eine Schand ist, was alles passiert, und wer aller glaubt, sich aufspielen zu müssen. Mit dem Spielen hat der Schuster seine Erfahrung, steht er doch auf den Brettern der Dorfbühne, *da ist's ein Spiel ums Überleben, da wirst ausgelacht und fortgejagt, wennst nicht die Ohren und Augen der Leut auf deiner Seit.* Das hat er immer gemocht. Seit fünfzehn Jahren nun hat er's über, was man hierzuland einen Dilettantenverein heißt. Eine Liebhaberei soll's sein, die Theatererei, aber für den Schuster, so sagt's die Frau, die die Nächt oft allein daheimsitzt und Nähwerk verrichtet, *für meinen alten Schuster ist's Herzblut und alles.* Vergisst oft den Kirchgang, weil er im alten Theatersaal was zu reparieren hat, Kulissen aufbaut, Lampen reinigt, damit das Spiel in einem guten Schein. Jetzt aber, da ihm der neue

Bürgermeister angekündigt hat, dass ein neuer Wind zu wehen hätt, auch grad was die kulturelle Tätigkeit betrifft, weil die doch an die Herzen der Leut ranreicht, *weil die Kultur uns aus dem Herzen spricht*, und da der Neubürgermeister weiters meinte, dass er besagten Neuwind eben ganz und gar nicht im alten Hitzkopf von Schuster erkenne und baldigst *ein Wechsel ins Haus* stünde (*ja, kruzidirken, leckt's mich doch alle!*), da ist's ihm hochgekommen, dem Schuster. Und er hat die Stiefel der Bürgermeisterfrau ins Eck, samt dem Gebrunze, das er zuvor drauf erledigt hat. Seither muss seine Frau die Betrunkenheit schon tagsüber ertragen. Aus Frust ist's. Und der Einsicht, dass er Kundschaft verliert.

Musst der Partei beitreten, hat ihm der Cousin geraten, der das Schlosserhandwerk verrichtet und seit seinem Parteibeitritt ein besseres Auftreten hat, wie's heißt. Der sich nun einen eigenen Wagen bald leisten will, heißt's auch. Weil bei dem doch jetzt die Kasse öfter und lauter klingeln tut, wie's nicht nur heißt, das posaunt der Schlossercousin selber raus auf die Dorfstraß. Und über den Familientisch. *Tu nicht um und schreib dich ein.* Und das Lächeln des Cousins ein hochgeschossen unangenehmes. *Lass mir da nicht in die Arbeit scheißen,* hat drauf der bereits nachmittags betrunkene Schuster dem neulächelnden Schlossercousin nachgerufen. Stur ist er zurück zu seinem Tagwerk. Stumm ist die Türklingel geblieben. Jetzt sitzt er in einem nicht mehr zu übersehenden körperlichen Verfall vor verlorenen Aufträgen und einem zu Tode geschlagenen Leder, sinniert über die Torheit des Sohnes, oder über die eigene, und über ein Stück, das er schreiben möcht und dem Dorf als einen Spiegel vorzuhalten plant. Auch wenn's ihn abgesetzt hat, *die Nazibagage! Wird die Rolle von meinem Leben*, denkt er in sich rein, ihm wankt schon die Werkbank weg.

Da tritt, ungebeten, hinein in seine Verstummtheit an diesem Sonntagabend, nach dem Streit oben bei der Hochkoglerin und dem Abmarsch der Familie in getrennte Richtungen, der Cousin in die Schusterwerkstatt. Ohne sein zurechtgebogenes Lächeln. In einer militanten Abgeklärtheit. Sagt's, die Worte, fast als könnt's ein Gewehrfeuer sein: *Die Resl hat gemeint, da find ich dich.* Der Schuster schaut zu ihm hoch. In der kleinen Lampe, die nur mehr schlecht ein Licht in die Werkstatt wirft, vibriert's fiebrig. Setzt sich aufrecht, fährt sich durchs fettige Haar, Schweiß von der Stirn, bemüht sich um gerade Wort. *Die Resl hat dir nix zum Sagen über mich.* Das Gewehrfeuer fährt fort: *Deine Frau macht sich Sorgen.* Der Schuster nun halb am Aufstehen, spürt, dass der Hosenbund drückt, richtet's Sonntagshemd, das er noch trägt, zu einer Ansehnlichkeit zurecht. *Keiner muss sich sorgen über mich. Übers Land musst dich sorgen.* So wird aus dem versoffen Sinnierenden der Provokateur, er räuspert sich hörbar, den Cousin lässt's kalt. *Halt mir keine Theaterred.* Er geht an den Schuster heran, der Schlosser. *Saufst außerdem zu viel.* Der Provokateur spitzt die Red sich zu. *Sauf mir meinen Verstand gerad.* Salutiert ausladend, fast polemisch, als würd eine Soldatengesinnung in ihn reinfahren, und geht einen Kreis in seiner Werkstatt ab, deklamiert in den Raum. *Die vielen Stiefel, die die vielen Schuster in diesem neuen großen Reich nun für die vielen jungen Männer zurechtschustern, wo werden's hinmarschieren? Was denkst? Cousin?* Der Schlossercousin wartet unbeeindruckt, sieht von außen, was der Schuster innerlich nicht wahrhaben will, sein Kreis gerät in eine gefährliche Schieflage. *Die vielen Stiefel,* wiederholt der Soldatengesinnung spielende Kreisgeher sein monologisches Geschwafel, da knallt er gegen die Wand. Haut sich den Kopf.

Der Cousin will ihm zu Hilfe kommen, der Schuster wird grob. *Finger weg.* Blutunterlaufen die Sturschädelstirn. Der Cousin tut einen Schritt zurück. Wirft den Blick, an dem traurig heruntergekommenen Schuster vorbei, übers triste Geschäft, wie lang wird's die Mäuler hier noch stopfen können? Und dann sagt er's heraus, nicht ohne zuvor das kleine Werkstattfenster, das zur Straß hin geht, bedächtig zu schließen (ein feiner Riss zieht sich durch). *Von dir hat er's also.*

Der Schustervater horcht auf, will jedes weitere Wort des Gegenübers unterbinden. *Die Resl soll dir was mitgeben für die Kinder, soll nicht heißen, wir haben nix. Wir haben noch was. Hörst?* Der Cousin fährt mit dem Finger in den Fensterriss, spürt den Sprung, das Glas hält nimmer viel, was hält hier noch? Zusammengeschustertes Kleinbürgerleben. Bohrt in der Wunde. *Was hat denn die Resl gewählt, heut? Was hast denn selbst?*

Der Schuster schnauft. Überschaut seine Arbeitsstätte. Die Spätsonn fällt hindurch zwischen den Fingern des Cousins, bricht sich am Staub im niederen Raum, abgestandener Handwerksduft. Er reibt die Händ am Schusterschurz, fährt sich übers schlecht rasierte Kinn, den Oberlippenbart, hört jedes Haar sich aufstellen, wieder niederfallen, hört rein, in das, was er sein Leben nennen will, hat sich hier meistens frei gefühlt. Nun, seit den letzten Wochen, zieht's ihm die Lung wieder zusammen (die alte Kriegsverletzung), als würd es der Werkstatt abrupt an Luft fehlen. Er reißt's Fenster wieder auf, fährt den Cousin fest an, *lass uns in Fried.*

Der Schlossercousin, der nun ein Parteigeher, ist bei der Auszählung gesessen. Von da kommt er. Von da will er berichten. Von da seine Anschuldigung. Ist er vorgeschickt worden? Als einer von der Familie. *Weiß gar nimmer, was denn wirklich die Familie.* So wie sie im eignen Haus in den letzten Tagen mehr und mehr geschwiegen haben, immer in der Furcht, etwas Schlimmes im Reden auszulösen, so musste auch bei der Tauffeier des Neffen, wo die gesamte Sippschaft zusammengekommen ist, ein Allseitsschweigen ertragen werden, als würd's bald gar nix mehr zu reden geben.

Es ist eine immense Zustimmung, Cousin. Ist ein geschlossenes Dorf. 1.153 Stimmen für den Führer. Der Schuster streift mit der rauen Hand die Wand entlang, er hat sie gekalkt, nach dem Feuer, das ausgebrochen ist im Vorjahr, Gott sei Dank ist niemand verletzt worden. *Hörst mir zu? Gibt Gemeinden, die kriegen einen Sonderzuschlag für die Geschlossenheit.* Was bricht da ein Feuer eigentlich plötzlich aus, einfach so? *Diese Gemeinde hat aber keinen Zuschlag in Aussicht.* Der Schlossercousin wird klar. *Ist sich nicht ausgegangen.*

Der Schustervater hört absichtlich weg. Denkt weiter ans Feuer. Hat's in der Mittagsstund gerochen, wie alle bei der Suppe gesessen sind, dürft eine Kerze gewesen sein, die noch gelodert, ein dummer Zufall, oder doch der unweigerliche Hinweis, dass einem die eigene Zurechnungsfähigkeit abhandenkommt? *Eine Stimm war dagegen*, fährt der Cousin unbeirrt fort, *warst du das?* Stille. Die beiden Männer umlauern sich. Draußen fährt der Wind durch vergilbte Bettlaken. *Aber,* lacht der Eindringling, fast höhnisch. *Ich weiß doch, dass du's nicht warst, bist doch kein Depp nicht, was Cousin? Hast es offen gemacht, vor allen, dein Ja für den Hitler. Hast gehofft, das macht die Sache besser, was? Für deinen Sohn?*

Nun ist die knochige Schusterhand über die Wand hinausgefahren. *Ich muss noch einen Hahn heut köpfen, geh zur Seit,* sagt der Schuster und will aus der Werkstatt, *die*

Resl macht einen Eintopf. Der Schlossercousin schnalzt das Leder auf die Werkbank. Drischt's in einer Unerhörtheit, *dableibst!*

Den Schuster fröstelt's. *Du findest den Weg.* Dreht dem Cousin den Rücken zu, hält sich im engen Gang, es neigt sich in dem Moment sein eigenes Haus, im Brustkorb zieht's. Es wird ihm vom Arzt bald gesagt werden, er könnte an einem Infarkt dahinsiechen. Drauf nur das Achselzucken des Trinkers.

Wo ist der Karl? zieht ihn die Stimme des Unnachgiebigen zurück. Der Schlosser hat eine Waffe. Das sieht man jetzt ganz deutlich. Der Schuster schweigt. Die Hand des Cousins streicht den Abzug entlang. Der Schuster schweigt weiter. Nicht viel fehlt, dann könnt eine Kugel losgehen. *Was weiß ich.* Sagt's ruhig. Ernsthaft. Er weiß es wirklich nicht. Nur eine Vermutung hat er.

9

Hetzt der Karl durchs Unterholz. Fühlt Verfolgung, ohne Klarheit darüber, wer hier wem hinterher. Es blitzen Augen, die keine sind, Einbildung im Geäst. Irgendwelche Hände fassen, sind's nur Zweige? Kurz verhängt das Blattwerk den Blick, er wischt's weg. Bricht sich frei. Weiter. Im Laufschritt jetzt, gleitet mehr und mehr von Pfaden ab. Sieht sich in bedrohlicher Vorahnung durch künftige Schützengräben rennen. Sie werden dich nicht gehen lassen. Niemand wird dich gehen lassen. *Unverschont wird's nimmer sein, die Existenz.* Die Stimmen in ihm rufen von Verblendung, *dummer Bub du, dummer Karl. Alles wird's dich am End gekostet haben.*

An wen denkt er? Welches Bild kann ihm eine Ruhe zurückgeben, dem Schustersohn, Klosterschüler, Geschichtsstudenten, wer versteht ihn wirklich? Da verfängt er sich, Dornen bohren in die Haut, beiß die Zähne, sei stark! Nur Gespensterhaftes plagt dich! Er stoppt.

Ruhig blickt er in die hereinbrechende Dämmerung. Der Wald ist still. Kein Wind. *Könnt einem alles an Welt hier geschluckt werden*, denkt er sich. Kann er ihr vertrauen, dieser Natur? Er kennt die Momente gut, wenn er denkt, sie könnte ihn erschlagen. *Naturgewalt.* Der Karl ist in seiner Jugend nach einer der vielen Feiern, die zu lange geworden sind, immer den Weg von der Bezirkshauptstadt zu Fuß ins Heimatdorf zurück, oben über den Hausberg. Da gibt es die Stelle, wo auch bei Mondschein totale Finsternis dich umgibt. Der Karl hat sie gehasst und geliebt gleichermaßen, diese Meter im Nirgendwo. Hätt er verweilt, in diesem Schwarz (er stellt sich's manchmal vor), er hätt sich was angetan. *Weil einem der Verstand im Wald abhandenkommen kann.* Ist das ein Schauermärchen, Karl? Es ist die Erinnerung eines kleinen Jungen, der einmal eine Stunde lang verschwunden war, den alle suchten und der in einem Brennnesselbuschen ausgeharrt hatte, aus Furcht vor einem Hund. Dieses Bild sitzt tief. Der Karl macht immer noch weite Wege um zu kräftige Vierbeiner. Und im Wald, im Alleinsein, kippt ihm ganz leicht das Gefühl um die eigene Achse herum. Er sucht den Abstand und findet stattdessen die unerträgliche Nähe. Er will nichts, nur gehen, in sich ruhen, doch gerade die Aufgewühltheit kriecht im stillen Gang hervor, lähmt den Wanderer, lässt ihn erstarren.

Wolken blitzen zwischen Wipfeln, der Wind dort oben nimmt zu, *herunten dagegen Grabesruh.* Mag er das nun? Setzt sich. Legt sich. Taucht sein Ohr hinein, ins Laub. Könnte verwachsen mit alldem. Wurzeln schmiegen sich an den jungen Körper, holen den Gegangenen zurück. *Heimat bist du. Heimat bleibst du.* Nie wirst davonkommen, Karl.

Zu finster waren die Gedanken in ihm, drum ist er ihnen davon. So soll's draufstehen. Sieht's vor sich, das Begräbnis, und wer wird weinen? Die Köpf werden's schütteln. Hat's nimmer auf die Reih gekriegt. Aus Übermut in den Tod getorkelt. Wenn er nur Papier hätt und was zu schreiben, sie würden ihm aus dem Kopf gehen. Die wirren Gedankengäng. *Wer's aufschreibt, die Unruh, der wird sie los.* Das hat er im Studium gelernt. Er schreibt seit Monaten nur Briefe. An niemanden, nur an sich selbst. Oder an Erika. Da ist er jetzt. Der Name. Der einzige, der ihm guttut. *Erika.*

Er schreibt in die Luft, mit dem Finger: *Denk an dich. Und an die Kleine.* Schreibt noch weiter. Schreibt, als hätt er nichts anderes als dieses Schreiben. Denkt sich aus, wo sie nun sitzen mag. Malt ihre Züge ins Halbdunkel, ihre frechen Lippen, die gierigen Augen, die Statur eines freien Menschen. Sie hat ihn aus der Bahn geworfen, sie haben sich selbst aus der Bahn. *Wer bist du?* Ihre Stimme tät ihm jetzt so gut. *Wer bist du für mich?* Würd es gern nun beantworten, aber der Mund ist ihm eingetrocknet. Etwas kriecht über den Knöchel, er stellt sich Arme vor, die ihn hochhalten und zur letzten Stelle tragen.

Und was wird die Mutter von ihm halten? Sie hebt nur die Hand, gibt ihm das Kreuzzeichen. So oft hat sie es gemacht, ihre Art zu zeigen, dass es Liebe ist. Was sie verbindet. Als Familie. Er ist ihnen nicht bös. Auch wenn sie genauso dumm sind wie alle.

Er müsste nun aufstehen und erhobenen Hauptes ins Dorf zurück, sie anstarren, diese landläufige Idiotie, die alle erfasst, müsste zeigen, es gibt das Andere. Aber ist er sich noch sicher? Was hat er tatsächlich getan? Karl! Reiß dich zusammen! Reiß dich! Er zieht sich hoch. Die Oberarme schon im getrockneten Blut verkrustet.

Jetzt erreicht er die Hütte, die alte, verfallene. Wo er immer mit dem Hubertbruder und dem Vater. In einer Kindheitserinnerung. Da legt er sich jetzt nieder. Müd. Es fallen ihm kurz die Augen zu.

10

Steigt die Kern Cilli durch Wasserläufe, die Stiefel hochgezogen, die Jagdweste der Mutter übergestreift, *was ist's denn Madl, dass du so wild jetzt losziehst? – Ist eine rechte Treibjagd heut, Mutter,* und so fühlt sich's auch an. Die Brüder gehen voran, einen Hohlweg rauf, der Bertl hat einen festen Schritt, der Hans kommt schon nimmer nach, die Cilli schiebt ihn, *schon am Schnaufen?* Hinter der Cilli der Rest der Truppe, die üblichen Verdächtigen, *auf die Mannschaft ist Verlass*, hat der Bertl gemeint, wie er sie kurzerhand zusammentrommeln hat lassen. Für eine Extratour. *Was ist denn das für eine Tour?* Der Pamminger noch in der Tracht von der Volkstanzgruppe, der hätt jetzt einen Landler hinlegen sollen, aber wenn die Kernbrüder rufen, ist alles liegen und stehen zu lassen: *Wir treiben eine Sau vor uns her.* Da hat die Runde gelacht, auch die Luzi und die Klara sind dazugestoßen, im viel zu schönen Kleidl, das wird im Wald dreckig werden. *Was denn für eine Sau?* Der Bertl hat gegrunzt und die Cilli hat trocken für den großen Bruder gesprochen: *eine Gesinnungssau.*

Sie nehmen den steileren Weg, rauf zur Hochkoglerin, vier Burschen, drei Mädels, Gewehre und Pistolen dabei, auch Schlagstöcke und Messer. Da droben trinkt er immer seinen Most, der Karl, das weiß doch jeder im Dorf, dass die Bleimfeldnerfamilie sonntags meist bei der Hochkoglerin sitzt. Und von der Annemarie, der Tochter von der Hochkoglerin, weiß die Luzi, die wiederum eine

Cousine zur Annemarie ist und mit ihr gemeinsam heut in der Bezirkshauptstadt vorm neuen Kreisleiter Spalier gestanden hat, dass der Bleimfeldner Karl nach dem Most oben am Hochkogel *wie ein Irrer* in den Wald rein ist. So hat es die Hochkoglerin selbst berichtet. *Willst da jetzt jeden Buschen durchsuchen?* fragt der Hans. Und der Bertl knirscht mit den Zähnen, spuckt in den lehmigen Untergrund, *nicht jeden Buschen. Wenn ich mich recht reindenk, in so eine Sau, dann wird sie dorthin kriechen, wo sie immer hinkriecht, wenn's brenzlig wird. – Und du weißt, wo das ist?* Der Hans stößt den Bertl, brüderliche Provokation, *ich will da nicht stundenlang umsonst. – He. Wenn ich's euch sag.* Und der Bertl gibt einen Warnschuss ab, es schrecken ein paar Waldvögel auf. *Über der Wolfswiesen ist ein Unterschlupf, da schaut der Karl immer in seine stinkenden Bücher, oft bis in die Nacht. – Red keinen Scheiß, da ist kein Unterschlupf. – Ist kein Scheiß,* faucht der Bertl dem Widerspruch vom Pamminger entgegen. *Weiß das aus erster Hand. – Was ist das für eine Hand, die dem Karl sein Versteck verrät?* Drauf schweigt er aber, der große Bruder von der Cilli, und sagt nur: *Maul, Pamminger, und rauf mit dir.* Die Truppe trottet weiter.

Jetzt macht der Steig eine Biegung, sie ducken sich unterm Felsvorsprung, zwei Treppen sind da in den Stein gehauen, und für den Winter ist auch eine Kette angelegt worden, um sich raufzuziehen. Die Cilli zieht sich hoch, jetzt überholt sie fast die Brüder. *Woher will er's denn wirklich wissen,* raunzt es hinter ihr. Der Pamminger rutscht aus, mit seinen Tanzschuhen. Hätt sich was Ordentliches anziehen sollen! Was ist das für ein Verhalten? *Wir waren grad am Saufen. Jetzt hirschen wir durch Brennnesseln. – Wirst schon wieder zu deinem Bier kommen, Pamminger.* Die Luzi versucht die Stimmung hoch zu halten. Macht einen

Schmäh, der will ihr aber nicht recht gelingen. *Warum denn eigentlich der Karl? Ist er's denn überhaupt wert? – Wenn wer Drisch braucht, braucht wer Drisch,* so bringt's am End der stämmige Stadler auf den Punkt, der den Abschluss des Stoßtrupps bildet, und damit hat er recht, denkt die Cilli. Wenn sie's auch anders formuliert hätt. Ihr Denken geht lang schon über die plumpen Aussagen der Burschen hinaus, für die es reines Rumgebalze ist, die Jagd auf den Karl, dummes Abwetzen irgendwelcher Hörner, oder ein Möchtegernglänzen in neustrammer Uniform, die sie als Postenanwärter allesamt nun erhoffen, die ihnen aber zu groß sein wird, lacht die Cilli in sich rein, und sie denkt sich ihre eigenen Brüder in übergroßer SS-Montur aus: *Da seid ihr lang noch nicht reingewachsen.*

Sie dagegen ist sich der Sache sehr sicher. Denn in der Tat, die Gesinnungssau von Karl ist es ganz und gar nicht wert. Er ist eine lästige Nebenerscheinung, eine *Randnotiz,* unbedeutend im *großen Ganzen der heutigen geschichtlichen Tat,* dem Karl sein Gebrunze auf den Führer im Gemeindeamt, es wird untergehen, ist keiner Erwähnung würdig. Geschweige denn seine nichtige Stimm, so sie denn tatsächlich, wie's heißt, eine Gegenstimm ist, was bleibt von ihr, *im Widerhall der Führersprach.* Sie hat sie sich genau einverleibt, diese neue, große Sprach, die seit Wochen aus dem Radiogerät daheim im Bürgermeisterhaus donnert, noch in den Schlaf nimmt sie die Sätze mit, sie hockt vor dem Lautsprecher, ahmt die Lippenstellung nach, denkt sich auch das Gesicht dazu, sieht es vor sich (wie damals in Steyr, da ist sie im Kino gesessen, hat vor den Bildern geweint, die übermächtigen Züge des Führergesichts in einer gewaltigen Arena vor Millionen Augen, *biblisch,* hat es der Schopper Alf genannt, genau das war das Wort!). So ein gewaltiges Führergesicht mit einer

Gewaltführersprach, das lacht's doch nur aus, dem Karl sein nichtiges *Nein*.

Und doch, sagt sich die Cilli (jetzt fasst ihre Hand an rohen Felsen, der rausragt aus dem Lehm, sie zieht sich hoch, und vollends vorbei am kleinen Bruder, dem Hans, auch am Bertl), gerade deshalb. *Weil er nichts ist, muss er zu Nichts werden.* Sie erschrickt vor sich selbst. Und vor dem Satz, den sie sich da denkt. Die Cilli steht kurz, einen unscheinbaren Moment, kreidebleich. Was heißt's am End, diese Kette an Worten, die sie hier gebildet, diese Vernichtungsansage, im beiläufig Gedachten am Weg der Cilli zum Karl. *Weil er nichts ist, muss er zu Nichts werden.*

Das ist das Denken, das sich in ihr breitgemacht hat. Und das zu einer Tat drängen will. Noch aber schiebt sie's weg, dieses Denken, sie weiß es nicht zu tragen (noch nicht), an diesem Sonntagnachmittag. Drum sagt sie's anders, in abgeschwächter Form, halblaut nur zwischen Buchen und Eschen: *Wir wollen ihn doch nur ein bisserl schrecken. Einen Juden haben wir ja nicht, im Dorf.* Sie dreht sich, keck die Stirn im Gegenlicht, die Abendsonn schon tief und warm noch der Wald in seinen Farben, bald werden's Schatten sein.

11

Schaut die Friedl beunruhigt auf die Fotografie. Hält sie in der Hand, schaut lang drauf, sie muss sich setzen, sitzt nun auf ihrem Bett. Aus der Kiste unterm Bett hat sie's rausgesucht, die Fotografie vom Karl in Innsbruck. Hat er ihr geschickt, hinten auch draufgeschrieben, das Datum und das, was da zu sehen ist. Die Friedl auf ihrem Bett, sitzt an der Kante, tritt nun leicht gegen den Boden, stemmt sich ein wenig mit den Schuhen rein, ins Holz, spürt einen Druck, ist der Karl da wo reingeraten? Die Gusti lugt durch die offene Tür ins halbdunkle Zimmer rein, die ältere Schwester, sie hat sich schon fertig gemacht, *kommst?* Die Friedl schrickt auf, steckt's schnell weg, die Fotografie, als wär's eine geheime, verbotene. Die Gusti schon im Arbeitsschurz, *du vergisst doch nicht?* Nein, die Friedl vergisst nicht, sie hat noch nie vergessen, ist eine verlässliche Haut. Heut werden die beiden Bleimfeldnerschwestern noch hinter die Schank müssen und die Stammgäst bedienen, sind einige Runden angemeldet, beim Platzer drüben, *ist sicher schon die Höll los. – Geh du schon vor, Gusti. Ich komm gleich.* Die Friedl wartet, bis die Tür zufällt, dann fischt sie's wieder raus. Die Karlfotografie.

So stolz ist sie auf ihn gewesen. So prächtig schaut er drein. Im Gleichschritt. So ist er durch sein Studenteninnsbruck marschiert, das Foto zeigt ihn in der Reih mit drei seiner Kameraden, so hat er's der Friedlschwester, Lieblingsschwester, geschickt, als eine Erinnerung an den Lieblingsbruder, der nun, als ein Student auch ein Korporierter ist, der sich in eine Uniform geschmissen hat. Sie steht ihm, die Uniform. Er fühlt sich drin *sehr stattlich*, so hat er's daheim dann auch geschildert, zu Weihnachten. Fast ein wenig geprahlt hat der Karl, *wie ist das so, Karl?* So feierlich fast zu defilieren, *gell, da schaust, Schwester.* Und geblitzt haben die Augen. Auch ein Schlitzohr, der Karl, wenn er will. *Trägst du da einen Säbel?* Ja. Da trägt der Karl einen Säbel. Da sieht er aus wie einer aus der Garde. Da ist er kein Unschuldsgymnasiast mehr. *Das war ein Tamtam, Friedl.* Und der Karl hat die Schwester groß angeschaut. Er fühlt sich erstmals angekommen. Am richtigen Fleck. Hat so lang einen Anschluss gesucht, hat das Gefühl gehabt, das Dorf versteht ihn nicht. Hat mit sich immer gerungen, als wär's ein Schämen auch, der Karl vom einfachen Schuster. Dass der mal auf die Universität. *Weißt, Friedl. Das war nicht irgendein Aufmarsch, das war für den Kanzler. Der Kanzler, der unser Österreich,* so hat er's benannt, der Karl, der nun ganz anders geredet hat, politisch hat der geredet, die Friedlschwester ist still geworden, *weißt, der Schuschnigg rettet Österreich.* Ja, für den Schuschnigg war's, die Parade, wo er mitmarschiert ist, ihm haben sie gedankt, die Innsbrucker Burschen zeigten sich, der Karl aufrecht unter ihnen, farbentragend, waffentragend. Mit welcher Gesinnung?

So denkt's die Friedlschwester, Lieblingsschwester, nun in sich rein, denkt nun erstmals anders über den Lieblingsbruder, der ausgezogen ist, um was zu werden, *aus dem kann doch was werden* (so hat er's immer gesagt bekommen, schon in der Volksschul der Musterschüler), so stolz hat sie zu ihm aufgeschaut, so sehr ist nun alles in einer Unruh. Zittert die Hand nun, der Friedl. Was hast denn heut gemacht, Karl? War das aus dieser Studentengesinnung raus? *Klerikaler Patriotismus?*

Sie schaut noch mal aufs Foto. Die Friedl hält's jetzt ins Dämmerungslicht, das durch den engen Spalt zwischen den dicken Vorhäng fällt, wischt den Staub ab, so streicht sie ihm übers Gesicht, der Bruder ein stattlicher Offizier, so würd sie's insgeheim gern denken. So hat noch nie wer in ihrer Familie, nicht mal der Vater, von dem sie Regimentsfotografien aus dem Weltkrieg kennt, aber der Vater schaut, wenn sie ehrlich ist, immer recht wie ein geschundener Hund drein, war auch nie von einer Statur der Vater, aber der Karl. Hier auf dem Bild in der Maria-Theresien-Straße, vor der Menschenmeng, in den Reihen der Seinigen, da brilliert der Karlbruder. Sie kann sie sich direkt ausmalen, die Farben, auch wenn's nur schwarz-weiß, das Foto, kräftig müssen's sein, rot der Mantel, weiß die Hosen, schwarz die Stiefel, kniehoch, die Handschuhe so glänzend weiß wie die Hosen, und von der rechten Schulter zur linken Hüfte das dreifärbige Band, blau-weiß-rot, der Karl hat einen strengen Blick, die linke Hand zum Salut auf die Stirnseite, im Gleichschritt mit seinen Verbindungsbrüdern. Von denen redet er in besten Tönen. Eine verschworene Gemeinschaft, *so was tut gut, in diesen verlorenen Tagen,* und wie er's ihr gesagt hat, da war sie eigentlich froh, die Friedl. Dass er wen gefunden hat. Da ist ihr gleich leichter ums Herz, denn der Karl ist ansonst oft weit weg und verliert sich gern, der braucht Halt, so wie sie selbst.

Die Friedl hat die Kirche, ihren katholischen Kreis, das ist *ihr liebstes Ding*, sie denkt so gern an die Maiausflüge, sie mag das Gesellige. Und sie hat ihre Runde beim Wirten, die Platzerburschen, allen voran den Georg, der hat einen Schneid und einen Spruch. Ein fescher, der Georg, aber nie würd sie sich drauf einlassen, das weiß auch der Georg, die Friedl *hebt sich auf. – Für wen?* hat die Gusti sie mal in einem stillen Moment auf dem Holzzaun beim

Wanderausflug gefragt, *hast du einen Bestimmten?* Nein, das hat die Friedl nicht, fast würd sie gern sagen, *der Herrgott ist's,* denn die Friedl lebt manchmal erst auf, wenn sie ins Halleluja einstimmt, in der Mess, am meisten, wenn der Pater Gotthard predigt, der hat so Worte für den Glauben. Die gehen ihr näher als vieles sonst. *Geh, tu nicht so überkatholisch, Friedl,* scherzt die Kathl, und ja, sie muss zugeben: Wenn der eine oder andere der Friedl in der Gaststube beim Platzer schöne Augen macht, so mag sie das auch. Nur die Groben und Betrunkenen, die kann sie nicht leiden.

Und wieder fällt ihr Blick auf das Foto vom marschierenden Bruder in der studentischen Aufmachung. Hat ihn die politische Überzeugung getrieben? *Was wird denn da geredet, wenn ihr nach dem Marschieren beisammen sitzt's? Du wirst doch jetzt kein Suderant wie der Vater, nicht, Karl? Das bringt einen um, so ein Stammtisch.* Sie hört sie nun wieder, ihre eigenen Sätze, die Schwestersorgen um den großen Bruder. Und sie mag's ja auch nicht, was die Nazis sagen. Aber sie weiß, es ist unklug, offen zu widersprechen. *Das bringt nicht nur dich in Gefahr.* So fällt's ihr nun aus dem Mund, der Brocken einer bedrohlichen Einsicht, halblaut reingesagt ins Zimmer, hat's die Mutter drüben gehört? *Was sagst, Friedl?* Schnell legt sie's wieder weg, die Fotografie, in die Kiste zurück, alles unterm Bett verschwunden, *nichts, Mutter.* Und hofft nur, dass alles doch noch gut wird, macht drei Kreuzzeichen.

Dann bindet sie die Haare zurück und gibt der Mutter einen Kuss auf die Stirn (die sitzt noch über einer Näharbeit fürs Kloster), *muss zum Platzer.* Die Tür vom Elternhaus fällt hinter ihr zu, sie streift die finsteren Gedanken ab, *mach dich nicht verrückt, was soll groß passieren, ist doch noch immer unser Dorf.*

12

Macht der Gendarmerie-Revierinspektor Schindler seine Kontroll, seine verdreckte Puch rattert zum wiederholten Mal über die Landstraßen der umliegenden Gemeinden. Er will sich nichts nachsagen lassen. Der Gendarmerie-Revierinspektor Schindler hat die Gefahreneinstufung der neuobersten Orderstell gründlichst gelesen: *Widerstand steht zu erwarten in den klerikal verseuchten Gebieten der Gaue ob der Enns und nieder der Enns, kann aber auch von den marxistisch-kommunistisch verseuchten Industriegebieten ausgehen.*

Als einer, der in einer Amtsstube im Herzen des nun so benannten Klerikalverseuchten geboren und groß geworden ist und den hiesigen Menschenschlag drum nicht nur kennt, sondern auch zu durchschauen denkt, ist's dem Gendarmerie-Revierinspektor Schindler heut besonders ein Anliegen, dass es in seiner Zuständigkeit zu keinerlei Zwischenfall kommt: *Diese Wahl hat nicht nur Gutes, aber sie soll im sozialen Frieden stattfinden.* So hat er's den Gendarmerie-Rayonsinspektoren Dollinger, Marschall und Zimmer schon seit den Morgenstunden weitergegeben, die seither ebenfalls motorisiert über die Landstraßen, Dorfstraßen und Forststraßen der hiesigen Gemeinden rollen, und bislang, so wirkt es, scheint die Region eine besonnene zu sein. *Das christliche Element*, wie es der Gendarmerie-Bezirksinspektor Gradlinger gesagt hat, sei doch ein weitgehend vernünftiges und auch ein bekehrtes mittlerweil.

So habe er auch dem Gendarmerie-Oberinspektor Zauner in Linz ausrichten lassen, der neuerdings ein Obermeister Zauner ist, dass der hiesige Kreis *stramm und aufrecht den Tag der Heimkehr ersehnet.*

Das mit dem Sehnen ist so eine Sach, denkt allerdings der Revierinspektor Schindler bei sich, er zwickt die Augen zusammen, weil ihm was zwischen die Lider, muss sich irgendein Viech in der Schutzbrille verfangen haben. Er lenkt die Puch an den Straßenrand. *Wer zu viel sehnt, sieht nicht die Tatsachen.* Und bei den Tatsachen ist der Revierinspektor unsicher geworden, wer hier nämlich wo tatsächlich die Ordnung gefährden wird können. Und nur dazu ist er ja da. Als ein Inspektor. Ein Betrachter des faktisch Vorhandenen. So geht der Revierinspektor Schindler nochmals in aller Klarheit und Nüchternheit seine innere Gefahrenliste durch, während er mit dem Lederhandschuh sein Aug von dem Insekt befreit.

Wenn's um's *bolschewistische Element* geht, so kommt allein die Zementfabrik am Rande der Bezirkshauptstadt in Frag. Dort herrscht aber Ruhe, wie's ihm der Dollinger noch heut morgen bestätigt hat. Die Arbeiterfamilien (es sind überschaubare dreizehn, wenn man's parteipolitisch eingrenzt) haben sich schon länger solidarisch erwiesen, sechs gelten in den internen Listen sogar als *anständig nationalsozialistisch.* Die haben's ja auch, dieses *Sehnen*, grad im Proletarischen ist's glühend vorhanden. Die vehement Klerikalen sind dagegen weniger überschaubar. Sie sind hier die Mehrheit, da muss man sich freilich vorsorglich fragen, was das Vehemente sein könnt. Wo da ein christlich-radikaler Ausbruch stattfinden würd. Ob da eine Zelle sich gebildet hätt. Aber der Revierinspektor Schindler ist sich sicher. *Allerorts nur Suderanten und Stammtischrevolutionäre, nirgendwo aber akut-faktisches Unruhepotenzial.*

Solang ihm da kein Klerikaler mit Mistgabel und Drohgebärde über den inspizierten Weg läuft, wird unter seiner Aufsicht jedenfalls kein Generalverdacht verordnet. Er hat da überhaupt eine liberalere Einstellung als andere Kollegen neuerdings. Es mag sich zwar nicht ein jeder als Teil der Neupartei verstehen, was aber noch lang nicht heißt, allerorten sei was *im Busch*. Nur im nördlichen Augebiet, das aber nicht in sein Revier fällt, gab's einen politischen Zwischenfall. Da sind gestern Abend noch drei als marxistisch Einzustufende vorsichtshalber inhaftiert worden, wobei nichts Genaueres über die Marxismuseinstufung ins Bezirksamt gedrungen ist. Selbst der Bezirksinspektor hat nichts dazu sagen können. Allein der Satz, *es dürft nun alles von Linz aus geregelt sein*, hat ihn hellhörig werden lassen. Was sind denn das für neuzentralistische Regelungen jetzt? Aber dann hat er sich wieder seinen eigenen Angelegenheiten gewidmet, der Revierinspektor Schindler, er will sich ja nichts nachsagen lassen. Und da ist er recht froh gewesen, dass bislang nur Alltägliches in dieser seiner Zuständigkeit vorlag. In Hausmanning wurde die Handkasse eines Bäckers entwendet. In der Haselböckau hat man die Scheibe eines Wohnhauses eingeschlagen. Zwei Jugendliche wurden am Bahnhof Grift deswegen aufgegriffen. Kinderstreiche, so das Protokoll der dortigen Kollegen. Er selbst hatte überhaupt nur zivile Einsätze. Eine Bettlägrige vom Bodinggraben, die hat er mit dem Wagen zur Gemeinde bringen müssen. Die steinalte Frau wollt eigenhändig noch ihr Kreuz für den Führer machen, das hat sie mit halbverfaultem Gebiss ausgerufen, dafür gab's Applaus von den Umstehenden. Und ein Invalider aus Sautern, den hat er im Beiwagen mit seiner Puch in den Ort raufgefahren, damit er nicht am Stock den anstrengenden Weg. *Heut wird keiner zurückgelassen*, so das Kommando im ganzen Land. De facto, so schließt der Gendarmerie-Revierinspektor Schindler sein inneres Protokoll beim Durchfahren der Siedlung am Wunderlichberg, liegt in diesem Landstrich keinerlei aktenkundiger Widerstand vor. *Nicht mal ein Funke*, sagt er sich nun doch etwas nervös in seinen Vollbart hinein (*stutz ihn dir endlich*, murrt seine Frau jeden Morgen, *das macht dich systemkonform*), und noch weitere Wörter plumpsen ihm ins altkaiserliche Krausehaar: Ist's nicht merkwürdig? *Allzu brav fast und bedrohlich gesittet verläuft's, die Übernahm.* Da kommt er ins Stocken, bei diesem Begriff von der *Übernahm*, und es raucht kurz aus dem Motor seiner Puch, die Maschine stottert, wieder das alte Problem. Er hält, steigt ab, sie ist heiß gelaufen. Vielleicht muss man doch aufs deutsche Produkt umsteigen. Und genau das ist's, was ihn stocken hat lassen. Es drängt sich auf. Das Deutsche. Von allen Seiten. Hat er sich ebenfalls drängen lassen? Der Revierinspektor Schindler, ein pflichtbewusst liberal Gesinnter und doch faschistisch sich einzuordnen Wissender, der weiß: Nichts ist eine rein äußerliche Übernahm. *Umstürze kommen immer von innen.* Und er schluckt runter, ins Innere seiner Magengrube. Dann steigt er wieder auf. Fährt. Wie es sich gehört.

Er denkt an die Meldung, die er vor sieben Tagen besorgt gelesen hat. Die ist ihm nahgegangen. Ein Kollege aus dem Nachbarbezirk, sein Tennispartner. *Suspendiert*, hat's erst geheißen. Dann hat er von der Familie erfahren, dass er abtransportiert worden ist. *Wo haben's ihn hin? – Ins Lager. – Welches Lager? Wieso denn, der Ernstl, ich mein, das ist doch. Das ist.* Das Schweigen im Gesicht der Kollegenfrau. Und die Tränen, die er aufzufangen hatte. Auf einer Liste sei dem Ernstl sein Name aufgetaucht. *So schnell kann's gehen*, sagt sich der Revierinspektor Schindler nun am Straßenrand, da er dran denken muss, und sein ungepflegter Backenbart ist schon voll vom Schweiß des heutigen Einsatztages, *so schnell.* Die Gefangenen von vor einem Monat sind nun die Gefängniswärter der Gegenwart, und umgekehrt.

Jetzt muss er sich selbst betrachten, im Rückspiegel seiner Puch, am Weg nun die Bahntrasse entlang. Seinen Helm hat er wieder aufgesetzt, auf der Schutzbrille Schmutz von einer Wasserlatsche, die er übersehen hat.

Bereits vor einem Jahr hat man drei Hakenkreuzler in seinen Bezirk reinverschoben, aus Niederösterreich und auch aus Wien, auf lokale Rayonsposten. Die Landesregierung und die Bundesregierung haben einfach nimmer gewusst, wohin mit dem braunen Gesindel, das ihnen aus allen Ecken zu wachsen schien, und da mittlerweil nicht mal mehr im Staatsdienst ein Durchgriff gegen die Nazifaschisten erfolgen hat können, hat man sie einfach von den oberen Ämtern nach unten versetzt, möglichst *in die Provinz,* wie man's gern schimpft, *da können's am wenigsten anstellen.* Jetzt sind die abgeschobenen braunen Kollegen also bereits lang vor den Anschlusstagen beim Schindler Tisch an Tisch gesessen, und die neuen Rayonsinspektoren haben sich höchstoffiziös unters Volk gemischt, samt ihren Ansichten. Das ist also das wenige, was sie hier anstellen konnten. *Ja, mei. Das wird man doch noch sagen dürfen. Wenn's die Herren Gendarmen jetzt schon sagen.*

Jetzt schaut er etwas mehr als sonst in die Fenster rein, hinter den Vorhängen, was wird da gedacht? Sind sie froh? Sind sie eingeschüchtert? Oder besaufen sie sich bereits? Weil so viel ist sicher: *Auch der geringste politische Geist kann gewaltig was anrichten, wenn der Pegel überschritten.* Und wenn ihn heut wer überschreitet, dann doch die Feierlaunigen, also jene, die es ausrichten, dieses auffallend widerspruchslose Fest, in dessen Nähe sich dem Schindler seine Puch nun begibt: Die Ortsstraße bringt ihn hoch zum nächsten Gemeindeplatz. Herausgeputzt wie alle Gemeindeplätze des Landes an diesem Tag, beflaggt und mit Blumenkästen bestückt, von Lautsprechern beschallt. Was diesen Platz aber auszeichnet, ist der Schatten des großen Klosters, das die idyllische Ortschaft hier seit je bestimmt hat. Er drosselt das Tempo. Rollt bedacht durch eine lose Menschenansammlung. Applaus und Gelächter. Seit Stunden spielt die Musikkapelle. Nun wird sie abgelöst vom Männergesangsverein. Schindler nickt souverän herunter von seinem Gefährt, in seiner Gendarmerie-Uniform, man kennt ihn. Man achtet ihn. Und man weiß, man braucht ihm nicht blöd zu kommen. Denn *blöd* ist das Letzte, was der Schindler ist.

Obacht vor den Nazis selbst. So hat er's seinen drei Rayonsinspektoren mitgegeben, bei der Dienstbesprechung neulich. Da haben sie geschluckt. Und der Zimmer hat gemeint, *pass besser auf, Schindler.* Und er hat ihn dabei ganz fest angeschaut, *es kursieren Listen. – Was denn wieder für Listen? Ist hier eine Listenhysterie ausgebrochen? Geh, macht's eure Arbeit.*

Er hat's abgewehrt, das Gespräch, wie so oft, wenn ihm was gegen den Strich. Dann aber ist der Gradlinger dagestanden, hat gemeint, er sollt sich endlich bekennen, zur Partei. Er müsst ihn sonst eintragen. *Was willst eintragen? – Ich hab hier nicht viel Spielraum mehr. Wo stehst? – Bei mir,* hat der Schindler seinem Vorgesetzten nur ausrichten lassen. *Schreib rein, was immer du dir denkst.* Das wird schon gereicht haben, so dacht er sich. Eine halbe Stunde später ist's dann intern ausgehangen, als ein Druck auf die gesamte Kollegenschaft. Eine Einteilung nach strikter Nummerierung, über die jeweilige politische Engagiertheit einer jeweiligen Person. Sein Name war mit einer Drei versehen. *Indifferenter Beamter.* Der Schindler ist in die Höh geschossen, *geht's noch?* Er ist doch keiner von einer Wurschtigkeit! Eine Ohrfeig jedem, der dies behauptet! Das sieht man schon an den Krankheitstagen, ein einziger war da dabei, und hätt seine eigene Tochter ihn nicht mit dem Gewehr wieder ins Bett zurück, er wär sogar im Fieber! Bravo, und so dankt man es ihm. *Der Schindler geht durch die Decken,* hat's geheißen. Für einen ganzen Tag hat ihm niemand unter die Augen kommen dürfen, ja sollen's sich fürchten vor mir! *Aber wo sollen's dich denn lieber eingetragen haben,* hat seine Frau ihn gefragt, bei der abendlichen Rasur. *Als eifrigen Systemanhänger?* Da hat er sich geschnitten und das Blut ist in den Bart hinein.

Er fasst sich an die Stelle. Und ein dunkler Wagen überholt den Schindler in der engen Kurve vorm Kriegerdenkmal, der Männergesangsverein hat eben sein Jägerlied angestimmt.

13

Hat die Cilli die Truppe abgehängt. Sieht weiter unten den Stadler den Pamminger nachschleifen. Die Luzi und die Klara, die sich im Dirndl zwischen den Ästen etwas ungeschickt anstellen. Auch wenn's alle bei der Sache sind, die Cilli legt ein anderes Tempo vor. *Respekt,* schnauft der Bertl, der nun auch auf der Anhöh unterhalb der Wolfswiese angelangt ist. Seine Schwester, sie fordert ihn raus, er hat eine rechte Freud mit ihr, aber manchmal, da schießt sie auch, das fürchtet der Bruder vielleicht am meisten, übers Ziel. *Bleib hinter mir,* und er schiebt sie wieder zurück.

Die Truppe nun wieder gesammelt am Waldrand. *Wo ist's denn jetzt, dem Karl sein Nest?* Es rauscht der Wind droben in den Blättern, eine weite Lichtung tut sich auf im schummrigen Abendlicht. *Seid's leis.* Bedeckt ist dem Bertl seine Stimm.

Auf der anderen Seite der Lichtung, da steht ein verfallener Stadl, den der nächste Sturm wohl wegfegen könnt, schon in Schieflage, vermoostes Holz davor, zu einem Haufen getürmt, der ebenfalls überhängt, bald losrollt, *man müsst nur dagegentreten.* Doch selten scheint hier wer vorbeizukommen. Zu abgelegen, diese Senke, umgeben von den dicht bewaldeten Hügeln, die Cilli wär gerne einmal früher hier gewesen. Vielleicht mit dem Edi aus der Bezirkshauptstadt. Oder dem Oskar aus dem Kloster? Oder, warum nicht, mit dem Alf aus Steyr, der sie einfach angesprochen hat, nach dem Kino. Nach dem Film ist sie mit ihm noch lange durch die Stadt flaniert, sie haben über die Bilder geredet, wie ergriffen sie beide gewesen sind, und dann hat der Alf sie gefragt, ob sie mitkommen will. Sie hat schon gedacht, jetzt wird er sie bei der Hand fassen und gegen die Hauswand drücken und sie wird sich drehen und ihn hinein in die Seitengassen der Steyrer Altstadt schleifen, er mit der Hand unter ihrem Rock, was sie freilich zu unterbinden wüsst und zugleich auch zulassen würd, mit den Worten, *jetzt bedräng mich doch nicht,* im Wunsch, *dieses Drängen einmal nun wirklich zu spüren,* doch das war's gar nicht, was der Schopper Alf wollen hat. Er hat ihr nur heimlich eine Zeitschrift zugesteckt, drin eine Einladung. *Komm mit! Am Dammberg wird Versammlung sein.*

Damals waren sie alle noch illegal. Und das war das Aufregendste überhaupt. Die Runde vom Dammberg hat sich dann mehrmals übers Wochenend auf der Grünburgerhütte eingefunden, die Cilli hat der Mutter vorgelogen, dass sie mit den Katholischen unterwegs sei, derweil war's eine andere Jugend, die hier sich gerüstet hat, im Denken und im Tun. Und das war gar nicht mal ungefährlich. Einmal ist die Gendarmerie gekommen, die hat man rechtzeitig schon am Marsch zur Hütte ausgemacht. Schnell war's versteckt, das interne Waffenlager, ein aufrechter Getreuer lässt sich doch nicht von einem dummen Beamten den Spaß verderben. Die schwarzen Hund sind abgezogen, die Grünburgerhütte war fest in Nazihand. Später dann ist die Gendarmerie erst gar nimmer ausgerückt, weil's schon in den eigenen Reihen ein Umdenken gegeben hat. *Sollen's doch ihre Gaudi haben, die Hakenkreuzler. Sind doch nur Kinderstreiche.* Ja. So hat's begonnen, mit der Cilli und ihrem Denken, ein flirrendes Spiel mit koketten Fantasien und einer ersten Pistole in der Hand. Der Alf hat sie ihr in die Finger gelegt. *Da. So drückst ab.* Sie hat abgedrückt. Und das hat sie nie vergessen.

Jetzt geht ihr Finger an den Abzug. Still, auf der Wolfswiese. In der Truppe, die sich da heranpirscht. Den Waldrand entlang Richtung Stadl. Steckt sie da, die Sau? Die Waffe in der Rechten, mit der Linken schiebt die Cilli einen Ast zur Seit. Es sieht fast aus wie das Kinderspiel mit Cowboys und Indianern, Räubern und Gendarmen. Nur sind es hier die Kinder einer anderen Zeit, sie hat den Vater schon schießen gesehen, die Cilli, nicht nur aufs Wild. *Es gilt die Faust wieder was,* so hat er's den Brüdern beigebracht, als die Sozis zum Putsch ausgerückt sind, *die rote Bagage!* Das ist vier Jahre her. Und in jedem Jahr wieder hat diese Jugend von Schusswechseln, Attentaten und Hinrichtungen gehört. Gelesen. Oder, wer weiß, hat die Cilli sich heimlich auch nach Linz geschlichen, wieder einmal mit der Großmutter unterwegs zu den Kreuzschwestern, *sie wolle nur was auf der Landstraße besorgen,* aber eigentlich, um zum Gericht zu schleichen, sich mit dem Alf zu treffen, um möglichst nahe dran zu sein, wenn wieder einer am Würgegalgen. *Einmal hängen die einen die anderen. Dann hängen die anderen die Nächsten. Und die Nächsten werden wieder die Ersten gehängt haben. Es ist ein gewaltiges Spiel, Cilli.* Das hat sie früh begriffen. Die heimlich geführten Listen mit den Namen der ermordeten Illegalen trug sie mit sich zur Schul, zum Chorgesang, zum Gymnastikunterricht. Für den Alf und für sie waren es Helden.

Nun sind sie schon halb herangerückt. Die Cilli kneift die Augen, späht über die Wiese. Es ist ihr, als wär dort eine Gestalt herumgehuscht. Ahnt der Karl etwas? Hat der Studierte sich gar verschanzt, um über die Verfolger herzufallen? *Wahnhaft hat er dreingeblickt,* so die Hochkoglerin, und auch ein Jausenmesser hat er mit eingesteckt.

Der hat doch keine Puffn, was? Der Hans, der kleine Bruder, spricht aus, was der Schwester durch den Sinn grad schießt. Es stockt nun die Klara, sie hat nur einen groben Ast sich abgerissen, um auch was in der Hand zu halten. *Da.* Die Cilli drückt der Freundin, die sich ihr Kleidl bereits am Strauch aufgerissen hat, das Jagdgewehr der Mutter in die Händ, *du kannst doch damit umgehen, nicht?* Und die Cilli sieht bei der Klara die Tränen, die sie eigentlich nicht zulassen möcht. Die Klara will nicht mehr. Steigt kurz zurück, einen Schritt, vom Weg hinein wieder in den Wald. Lässt sie die Truppe im Stich? *He, Klara. Ist doch nichts dabei.* Die Cilli reicht ihr die Hand. *Wer zu feig ist, kann gern gehen. Ist eine freie Entscheidung, wer hier mitmacht.* Sie bleibt ruhig, die Cilli, während sie das sagt. Klar in der Sprach, grad im Ausdruck, *das Gefühl hat wenig zu suchen in der Zukunft.* Sie geht die Sätze ab, die sie sich einstudiert hat. *Ab heute wird sich zeigen, wie groß der je einzelne Wille in der Gesamtheit der Masse ist. – Seid's still,* haucht der Bertl von der Spitze der Mannschaft, seine Pistole nun auch gezogen, den Kopf geduckt, als würd er was erwarten. *Was ist denn?* Jetzt stockt auch die Luzi. *Nix ist,* tut die Klara ihren plötzlichen Zweifel ab, weicht der Cilli ihrem Blick aus, aber die Cilli will nun zeigen, was eine Gemeinschaft ausmachen sollt. Sie stellt sich etwas erhöht, damit sie die Köpf der anderen überschaut, nur der stämmige Stadler ragt über die Gruppe hinaus, schaut mit dem Fernglas zum Schuppen rüber. *Die Klara denkt, es ist nicht richtig.* So sagt sie's nun, die Cilli. Fixiert die Freundin. *So hab ich das nicht.* Die Klara schaut nach unten. *Wie hast du's denn sonst? – Gusch jetzt,* der Bertl wird unruhig, *da ist was.* Und alle halten den Atem, und der Stadler zeigt in Richtung Holzstoß, kurz war dort was zu sehen, könnt auch eine Täuschung gewesen sein. Sie hocken hinterm hohen Gras. Der Bertl deutet, sie sollen sich teilen. Von drei Seiten wollen sie den Karl in seinem Versteck einkesseln. Weiter über den Waldpfad entlang, dann über die andere Seite, wo man im Schutz eines Erdhaufens fast bis zum Holzstoß gelangen kann. *Und zwei von uns gehen direkt über die Wiesn. Durchs Gras.* Die Cilli wartet nicht lang. Lächelt fast bei den Worten. *Das machen die Klara und ich. Wir sind die Kleinsten.* Die Freundin zuckt. Die Cilli fasst sie am Arm. *Oder bist zu feig?*

14

Im lang gestreckten, hohen Platzerhaus brennen grell die Lampen, es wird laut gelacht, die Friedl läuft, stürmt durch die Tür gradaus und links rein in die Kuchl. *Da bist ja,* der Platzer Georg steht in der Ledernen, *alles voll, Friedl.* Sie zieht die Schürze über und kriegt schon das Tablett von der Kathl in die Hand gedrückt, *die Tisch am Fenster,* die Friedl schwingt sich raus, zwischen die Mannsbilder durch, die um den Kamin sitzen und Zigarre paffen, da hat der Vater seinen Stammplatz, ob der heut auch noch kommt? Hat sich nach dem Streit mit dem Karl verzogen. Dass die beiden immer zusammenkrachen müssen.

Du, Friedl, ich näh mir was Frisches für den Sommer, willst auch ein Kleid? Die Kathl ist in einem Strahlen, was strahlt sie denn so? Dann merkt sie's, die Friedl, wie am Fenstertisch in der Mitte der Uniformierte wieder sitzt, der Herr aus Brandenburg, der Preuß, wie der Platzer Georg seit Tagen sagt, *den haben sie uns geschickt. – Der ist nur auf Urlaub, Georg,* sagt die Kathl, und sie weiß schon allerhand über den Preuß, dass der auf Kundschaft durchs ganze Reich fährt und einen außerordentlichen Eindruck hat, *von uns*, sagt's recht beglückt und unschuldig, *dieses Uns*, und meint *ein Österreich, das es nimmer gibt, Kathl,* der Georg schimpft dann immer, *denk nach. Der ist ein Denunziant. – Er war grad in Ischl und will nach Wien, dort ist er dann stationiert. – Dann solltest dich lieber nicht allzu leicht binden, Madl.* Die Friedl klopft ihr auf den Arsch, *was willst denn mit einem Deutschen? Ist er katholisch? – Geh, Friedl. Nimm doch endlich deinen evangelischen Gerhard und fahr nach Hallstatt auf deine Hochzeitsreis.* Ja, dort würd sie gern mal hin, aber nicht mit dem Gerhard, auch wenn der wirklich ein herzensguter Mann ist, denkt sich die Friedl, und bringt's Bier an den nächsten Tisch, grüßt den Oizing und den Grabner, wird allzu freundlich zurückgegrüßt. Schlitzohren ihr, solltet's daheim sein, bei den Familien, *ein Mann hat nicht immer aus zum sein,* so hat's auch der Gerhard gesagt, das hat ihr gefallen, dann hat er sich seine runde Brille gerichtet und hat der Friedl fest in die Augen geschaut, *geh, lass mich nicht immer so stehen,* und er hat sie am Finger berührt, natürlich wollt er, dass sie hocken bleibt, bei ihm am Bankerl, doch die Friedl weiß, dass eine flotte Partie nix für sie ist, und mehr wird's nicht werden, dazu fehlt der Herrgott, so hat sie's auch der Gusti gesagt, *ich wart auf einen Standfesten.*

Was ist's aber, das Standfeste? Heut. *In diesen Tagen.* So denkt die Friedl jetzt. Schaut über die volle Wirtsstube. Da sitzen's, die aufrechten Christen, und alle haben's heut bei der Wahl ein Kreuz gemacht, für den, *der Jesus abschaffen will.* Die Friedl ist fast zornig jetzt, wie sie das Dorf nun so zusammenhocken sieht. Wissen sie's auch? Denken sie jetzt auch dasselbe wie sie? Müsst doch eine Beschämung sein, hinter den Augen, müsst da doch ein Gewissen hervorkriechen, das ihnen heut allen noch im Magen liegen wird. Aber wie hätt sie denn selbst? Hätt sie es dem Karlbruder gleichgetan? Oder wär sie ebenso hineingeflohen, in ein Kreuz, das man mitträgt, aber nicht so gemeint hat. Am End ist sie einfach nur froh, dass sie noch zu jung ist für diese Wahl, mit siebzehn. *Schau, Friedl.* Die Kathl reißt sie aus den wieder finster gewordenen Gedanken, zeigt ihr einen *modernen Schnitt*, wie sie sagt, *das Kleid der deutschen Frau hat durch-*

aus eine Kessheit, meinst nicht? Und sie hält ihr die Doppelseite der heutigen Rundschau-Ausgabe vors Gesicht, es fällt nun fast das Tablett. *Gewagt und nicht zu aufdringlich. Nicht wie die Französinnen oder die Engländerinnen.* Jetzt rollt sie lustig die Augen, die Kathl, tut auf aristokratisch von oben herab, *der Baron hat manchmal eine Gesellschaft zu Gast, da fragt man sich schon, als einfaches Volk, was? Ein Skandal,* jetzt lachen die zwei. Die Kathl albert gern rum. Und sie liebt den Tratsch. Wiederholt das Wort *Skandal.* Dabei wissen beide, dass der Baron lang schon keine Gäst mehr bewirtet, weil ihm das Geld nun endgültig ausgegangen ist und das Schloss drum bald verfallen wird. *Im Ernst jetzt, Friedl, ich find, das würd auch dir stehen.* Sie schlägt die Rundschau-Doppelseite um der Friedl ihre Taille. *Ein recht ein Feger dann, die Friedl. – Lass das.* Sie wird rot. Aber die Kathl lässt nicht locker. *Geh her da.* Stellt ihr Tablett auf die Anricht, zerrt sie nach hinten, dann raus auf den Gang und hoch über die Stufen in den ersten Stock, wo die Zimmer der Angestellten sind. *Hör auf,* wehrt sich die Friedl, *wir müssen doch arbeiten.* Die Kathl sperrt aber schon ihre Kammer auf, greift in Windeseil in den Kasten rein und zieht ein Blumenkleid heraus, *probier's. – Das hast du dir genäht? – Ich hab's mir ausgeborgt. So soll's aussehen.* Da wird der Kathl ihr Preuß aber Augen machen, denkt die Friedl und steht etwas ungelenk im kleinen Raum, die Kammer ist gut ausgestattet, sauber und warm, aber es fehlt der Platz für eine Umkleide, *tu nicht um. Wir kennen uns doch.* Die Friedl wird rot. Die Kathl hat ein direktes Vorgehen. Sie reißt der Friedl die Knöpf von ihrem Schurz auf, die Siebzehnjährige steht in der Unterwäsch, draußen geht grad die Straßenlatern an, finster ist's geworden. Dann schlupft sie rein. *Schau.* Der Spiegel ist verstaubt und klein, aber die Friedl hat sich noch nie so schön gefühlt. *Dreh dich her. – Ich trag keinen Lippenstift. – Heut schon. Ist doch ein Freudentag.* Ganz schlecht wird ihr jetzt, der Friedl. Vor einer halben Stund noch die aufkommende Angst über den Bruder, von dem seit dem Most jede Spur fehlt, und jetzt soll sie ein Feiertagskleid tragen, in die verlogene Dorfrunde in der Wirtstube unten? Die Kathl drückt ihr einen Kuss auf die Wange. *Jetzt zier dich nicht.*

So wird die Friedl, ohne es gewollt zu haben, gleich wie ein froher Strauß Blumen durch die Stube schreiten, und alle werden's hinschauen, das tiefkatholische Madl zieht die Blick plötzlich auf sich, was denkt das Dorf? *So haben wir die Friedl noch nie gesehen.* Auch der Platzer Georg kann's nicht fassen. *Unsere Friedl.* Die Kathl muss lachen. *Ich wollt sie nur aus der Reserve locken.* Da steckt eine andere Friedl drin. Und wer genau hinschaut, sieht auch, wie's ihr kurz gefällt.

Sie, Fräulein. Jetzt steht er auf, der Preuß. *Bringen S' mir noch was, Sie, Hübsche.* Pfeift ihr nach. So hat sie's nicht wollen, die Friedl, fast schämt sie sich, nun plötzlich im Zentrum des Geschehens zu sein, eigentlich steht sie gern am Rand. Und der Kathl wird's nicht recht sein, dass sie nun mit dem Herrn aus Brandenburg konversiert, in einer Aufmachung, sie bebt innerlich. Bewahrt dann doch den Tonfall, stellt sich grad hin, *was wünschen S' denn? – So schick, die Friedl,* der Oizing kriegt sich nimmer ein. *Das ist wohl wegen dem Führer.* Fällt ihm der Doktor ins Wort. Die Frau Doktor daneben meint, er soll nicht so aufdringlich reden, der Nächste aber bestätigt den Doktor, auch der Oberlehrer ist dabei, *das ist eine Pracht. Da lob ich mir einen Führer, wenn sogar jetzt die Friedl.* Sie hätt nun gern widersprochen, aber was soll sie tun, einfache Hilfskraft, und sie weiß, ihr Chef, der Herr Platzer, will nicht, dass politisiert wird, das schadet dem Geschäft.

So hat er's immer gehalten. Vor dem 34er-Jahr. Auch danach. Da hat der Postler was gekriegt, die Studenten vom Kloster, die einfachen Arbeiter vom Bau, *wir machen nicht groß Unterschied. Solang gezahlt wird.* Das Wort vom Chef im Ohr, die Söhne des Chefs an der Schank, die Tochter vom Chef in der Kuchl, denkt die Friedl an den Karl, der heut schon für genug Wirbel gesorgt hat, also schluckt sie's runter, ihren Widerwillen, und mimt für einen Moment eine Reichstreue, die der Preuß in Uniform, am Weg von Ischl nach Wien, nun um ein Bier geschickt hat. *Und ein Glas Sprudel, Fräulein.* Ein Bier und ein Glas *Sprudel*, die Friedl hat genickt, aber eigentlich hat sie nichts verstanden. Was soll das sein? Ein Witz? Sie fragt hinten in der Kuchl nach, was er gemeint haben könnt, mit dem *Sprudel*, zurückzufragen hat sie sich in der Situation nicht getraut. In der Kuchl wird gelacht und der Kopf geschüttelt. Die Anni meint, das wird was Eigentümliches zum Trinken sein, aber niemand weiß recht, was es ist, der Platzer Georg steht grad mit den alten Heimwehrfreunden beisammen, die schon die ganze Zeit hinter vorgehaltener Hand was bereden. Den kann sie jetzt auch nicht fragen, was man als *Sprudel* bringen soll. Einen Schnaps? Zuzutrauen ist es dem doch recht freigiebig trinkenden und am Ende des Abends meist laut werdenden Deutschen. Dann singt er seine Lieder und animiert die Hiesigen, mit einzustimmen, nur kann diese Preußenlieder hier niemand recht auswendig und sie sind auch etwas unmelodiös, wie die Friedl findet. Dann singt die Kathl gern ein anderes Lied, nur für sich in der Kuchl, und die Friedl singt mit und dann stehen sie meist noch hinterm Haus, rauchen eine Zigarette und denken, wie schön's noch war, damals, als sie alle ganz unbesorgt aufs Törl gewandert sind. Ganz ohne *Heil Hitler*. Wie lang ist das her?

Die Stimm des Deutschen reißt sie raus aus der Erinnerung, der Preuß steht noch immer da und will was sagen, er hebt das Glas, setzt an zum Trinkspruch, wird der Georg ihm das durchgehen lassen? Der schnauft schon, wird von einem in der ehemaligen Heimwehrrunde zurückgehalten, nicht dass hier noch ein anderer Skandal, *ein Hoch,* ruft der Preuß aus. *Ich kann nur wiederholen, was gestern Abend unser Führer Adolf Hitler bei seiner Ankunft in Wien gesagt hat.* Die Dorfstube verstummt, alles blickt in Verlegenheit, oder wagt nicht, aufzuschauen. *Es ist dies ein historischer Tag. Das Volk hat sich entschieden, aus freiem Willen heraus, mit dem Führer zu gehen. Und heimzukehren. Und ich kann ihm nur berichten, dem Führer, wie dieses Dorf hier. In überwältigender Treue. – Ich würd um etwas Zurückhaltung bitten,* sagt der Platzer Georg dazwischen. *Von der politischen Red war doch heut schon genug.* Jetzt könnt man Stecknadeln fallen hören, alle Augen sind auf die beiden gerichtet. Was hat sich der Georg da herausgenommen? Unterbricht die Ansprach auf den Führer. Der Preuß wirkt verdutzt. Nimmt's dann mit Lachen. *Na na na. Was ist denn der Herr Georg so eine Zwiderwurzen heut,* und versucht dabei den hiesigen Dialekt nachzuahmen, was freilich nur lächerlich wirkt und macht, dass der Zorn im Georg weiter hochkocht, das weiß die Friedl. Der Georg baut sich auf, Lederhose, Hemd, gestriegeltes braunes Haar, eigentlich echt kein Unfescher, denkt die Friedl in dem Moment, obwohl's ein unpassender, aber jetzt, da der sich hinstellt, so einen hätt sie gar nicht ungern. Der verteidigt sein Wirtshaus. Und der Preuß? Wird er muxen? Jetzt steht der Oizing auf, will schlichten, *geh, setzt's euch und trinkt's einen.* Doch dem Preuß ist's vergangen. *Ich hätt den Herrn Georg bislang als recht aufgeschlossenen Zeitgenossen kennengelernt. So wollen wir's doch belassen, nicht?*

Oder will er's in Abrede stellen, das Historische heut? – Will gar nichts stellen. Sagt schlicht der Georg. *Ich seh's nur als neutralen Boden an, die Wirtsstuben da.* Der Preuß spuckt aus, den letzten Schluck seines schon warm gewordenen Biers. *Das ist ja allerhand.* Und es beginnt ein Gemurmel unter den Leut, er soll sich doch setzen, der Georg, es ist doch alles halb so wild, er soll den Preuß reden lassen, und der Doktor geht dem Preuß zur Hand, dass man zu dieser Stund doch nicht jedes Wort umdrehen sollt, der wächst aber nun aus dem Wirtsstubenboden raus, und da die Straßenlaterne jetzt einen Lichtkegel von draußen reinwirft, steht er wie im Scheinwerfer, *na, dann zählen wir mal auf, was alles dieser bedeutungslosen Ortschaft verwehrt bliebe, wär's denn, so wie's der Wirt es nennt, tatsächlich unparteiischer Boden hier. – Lassen Sie's gut sein,* versucht's der Oberlehrer nun, der Preuß kommt aber in Fahrt, donnert im Stakkato die Wahlversprechen der Nationalsozialisten herunter, die einem jeden im Raum bald ein leichtes Nicken abnötigen, eine Zustimmung auch, die zur johlenden Äußerung führt, ein *da-hat-er-nicht-unrecht* folgt einem *ganz-meine-Red* und je mehr die Stube geflutet wird, vom großen Versprechen einer Zukunft, desto mehr schluckt die Friedl, die all das mitansieht und fürchtet, dass es hier im Platzer zum Krawall kommen könnt, erst recht, weil nun auch die Jägerschaft sich eingefunden hat, die haben Geburtstagsrunde und nicht nur Trinkfreud mitgebracht, sondern auch den einen oder anderen Stutzen. Und wer trinkt, schießt auch gern mal rum. So dauert's nicht lang und der Erste von ihnen sagt, dem Preußen nacheifernd: *jawoll.* Der Nächste grölt: *heim ins Reich! – Na denn.* Strahlt der Preuß und sieht sich im Triumph, der Georg dreht sich und verlässt den Raum. *So erheben wir's Glas,* und der Preuß suhlt sich in Überlegenheit, merkt aber erst jetzt, dass er's ja ausgesoffen hat, sein letztes Bier, und das neu bestellte, das soll die Friedl nun bringen. Das Bier hat sie schon aufs Tablett gehoben, die Halbe, sie muss nur in den Raum raus, aber was ist mit dem *Sprudel*? Sie tut nicht lang um, greift am Weg von der Kuchl nun schnell auf die Anricht, da ist der Schneebesen für die Mehlspeisen, die Friedl denkt zwar, zum Eierschlagen wird's der Preuß nicht brauchen und was er sonst so anstellen will damit, das möcht sie sich nicht ausmalen, sie agiert automatisch, läuft raus, *das Bier, mein Herr, und ihr Sprudel.* Und was sie nun ausgelöst hat, wird sie nie vergessen.

Da lacht er los. Ohne sich zurückzuhalten, es steigt ihm das Blut in den Kopf, der Kopf schwillt überdimensional an, so kommt's der Friedl vor, sie steht wie angewurzelt, mit dem Tablett und dem Bier und dem Schneebesen, schallend lacht er weiter ihr entgegen, wie ein Windstoß aus seinem Rachen, der Preuß hält sich an der Tischkante, und er würgt nun fast die Bratwurst rauf, die er mit dem Sauerkraut davor verschlungen hat, rundum tun es ihm alle gleich. Der Preuß schnalzt mit der Hand auf die Tischplatte, kriegt sich nicht mehr ein. *Ein Wasser mit Sprudel hätt ich bestellt, Fräulein. Mit Sprudel.*

Die Friedl merkt jetzt gar nicht, in ihrer Angst und im geliehenen Blumenkleid, wie seitlich die Tür aufgeht und der Vater hereintritt, ins dampfige Innere, von draußen eine Kälte mitbringt (ein frischer Abend ist's geworden), und er sagt's rein, der Schustervater, ins Preußenlachen: *Einen Wagen bräucht ich. Schnell.*

15

Die schwarze Limousine bremst sich ein, wenige Meter vor dem Gendarmerie-Revierinspektor Schindler seiner Puch. Jemand streckt den Arm aus der Fahrertür, winkt, weiße Lederhandschuhe (die kennt der Schindler von der Golfpartie letzten Sommer in Gmunden). *Der Bezirksinspektor fährt auf Pirsch*, so nennen es die Kollegen, wenn der Chef ausfährt und nur Augen für die Röck der jungen Dirndln hat, anstatt auf den Straßenverkehr zu achten. So lässt er sich's auch heut nicht nehmen. Der Schindler rollt mit der Puch an den hochpolierten Schlitten ran, es beugt sich der Gradlinger raus. *Liegt was vor? – Alles in einer Ruhelag, Chef. – So soll's sein*, und der Bezirksinspektor betrachtet im Rückspiegel sein gestutztes Oberlippenbärtchen, das für ihn seit Dollfuß zum Standard gehört, für den Schindler ist's ein unsäglicher modischer Schmarrn, überhaupt das gesamte Auftreten, das den Chef zur verwechselbaren Marionette werden hat lassen, *ich sehe, Sie fahren noch das alte Modell, Schindler? – Die Puch tut noch ihren Dienst, Chef. – Wie lang, ist die Frag*, und der Gradlinger streift nun den linken Handschuh ab, um mit dem Daumennagel in seinen Schneidezähnen zu stochern, *da hängt noch was vom Bankett mit dem Bezirkshauptmann. – Kreisleiter*, entgegnet der Schindler. *Bitte?* Der Chef noch mit einem Rest von Schnittlauch beschäftigt. *Es heißt nun Kreisleiter, Chef. – Richtig, Schindler. Sie machen sich ja doch.* Und dann schaut er ihm mit herablassender Gönnerhaftigkeit in die Augen, *grad hab ich noch mit dem Landesoberinspektor ein Telefonat gehabt, über die Personalfragen der neuen Zeit. – Obermeister. – Bitte? – Der Landesoberinspektor ist nun ein. – Richtig, also, der Zauner, Sie kennen ihn? Er hält ja viel von unseren langjährigen Inspektoren, die doch unabkömmlich.* Und es beginnt eine Suada, die der Schindler gelernt hat, höflich auszublenden und stattdessen das Antlitz des Chefs zu observieren, diese etwas verrutschte Nase, diese etwas zu hohen Wangenknochen, diese etwas zu abstehenden Ohren, ein durchaus eher hässliches Gesicht in Summe, das scheinbar aber nie hinderlich dabei war, den richtigen Leuten im rechten Moment in den Arsch zu kriechen, so sieht er seinen Chef, der zu einem ersten Punkt auszuholen scheint. *Um zum Punkt zu kommen, Schindler: Um Sie zu halten, sollten wir das mit der Liste neulich noch ausbügeln. Wer will denn langfristig einen indifferenten Beamten. Sind Sie nun schon in der Partei?*

Der Gendarmerie-Revierinspektor Schindler denkt kurz an seine Frau, an seine beiden Kinder, an das Haus Richtung Ziehberg rauf, das sie neu verputzen sollten, den Gartenzaun, der zu erneuern, weil das Wild wieder die Rosenhecken angebissen, doch sagt er nur: *Es braucht keine Parteilichkeit für die Ausübung des Rechts. – Sturschädel, Schindler. Was ist das für eine Prinzipienreiterei?* Der Chef steigt aufs Gas, genießt den Lärm. *Hören Sie das? Das deutsche Gerät. Da stinken Sie ab, mit Ihrer Puch.* Und es stinkt ihm ins Gesicht, das Deutsche. *Ich mein's ernst, Gustav. Uns sind die Hände gebunden. Sonst wird's bald andere Listen geben, die keiner von uns will.* Und jetzt zieht der Chef seinen Revierinspektor eng an sich ran. Der Moment eines guten Willens, eines durchaus besorgten Vorgesetzten, der einen fähigen Mann nicht einfach seinem cholerischen Gemüt überlassen möcht. *Sei gescheit.*

Steckt dem Schindler ein Papier zu. Legt den Gang ein, lenkt das deutsche Gerät auf die Dorfstraße zurück, es heult der Motor. *Arschloch*, murmelt der Schindler in den Altkaiserbart, in der Faust eine maschinenschriftliche Liste. Er würd gern draufspucken, auf jedes dieser Worte, und wird sich letztlich doch einfügen: für einen neuen Gartenzaun.

Positive Beurteilung: korrekt – objektiv – anständig – sehr anständig – charaktervoll – gewissenhaft – systemtreu.

Negative Beurteilung: dienstlich schwach – unfähig – Drückeberger – Kriecher – Protektionskind – Konjunkturmensch – Deutschenhasser – Gesinnungsschwein – pensionsreif – minderwertig – abnormal – vollkommen defekt – dachaureif – wird von Gestapo bereits behandelt. Schindler lässt das Ortsgeschehen hinter sich. Die Klänge des Männergesangsvereins, der nun von der Trachtengruppe abgelöst wird, hallen nach. *Alles ein Strahlen und alles so falsch.* Er verreißt den Lenker seines erneut schnaufenden Motorrads. Fährt fast wo dagegen, unten in der Kurve beim Waser. Das Fuhrwerk des Bauern steht auf die Straße raus. *Ja, spinnst denn?* Es schauen die Bauersleut auf, so laut sein Fluchen, dabei ist er selbst von der Spur abgekommen.

Schon will er's gut sein lassen und zurück in die Bezirkshauptstadt, auf einen Schnaps, um runterzukühlen, um jetzt nichts Dummes zu tun, da packt ihn eine Hand von hinten, *Herr Inspektor.* Er fährt herum: die Schusterfrau vom Bleimfeldnerhaus. Die Resl, die fürs Kloster die Gewänder näht, damit der älteste Bub dort zur Schul gehen konnt. *Was gibt's? – Ist wegen dem Karl. Der steckt wo drin.* Der Revierinspektor Schindler schiebt seine verschmutzte Brille hoch, nimmt den Helm ab, zerzaustes Haar fällt vors Aug, er wischt's nach hinten, *was ist mit deinem Karl? Der ist doch auf Studium, in der Stadt. – Aber doch nicht heut. Der ist zur Wahl und dann in den Wald rein, überm Käferbach, und jetzt heißt's, dem soll eine Lektion …* Der Schindler horcht auf, packt nun selbst die Schusterfrau am Arm, drängt sie, klar und deutlich zu reden, *was ist passiert? – Mein Mann ist ihm nach. Ich fürcht nur, der Karl könnt sich lang schon selbst was angetan haben.*

16

Rauscht der Wald an ihm vorbei, legt der Schuster die Hand gegen die Scheibe. Versucht's zu halten, für einen Moment, das Bild da draußen vom Wald, es entwischt ihm, zwischen den Schusterfingern. Schaut raus. Will was erkennen. Baumstämm wischen an seinem Blickfeld vorüber. *Wo bist denn? Verflucht. Karl?*

Er krallt sich jetzt in seinen Sitz, es ruckelt der Wagen, bald kommen die wilden Kurven, vom Käfergraben die Forststraße rauf, wo der Schotter ausgewaschen ist, von heftigen Regenfällen. *Da vorn wird's holprig, Herr Bleimfeldner.* Er nickt, der Schuster, es steht der Schweiß, noch fester hält er sich am Sitz, noch mehr schaut er raus in die Landschaft, ob er da irgendwo seinen Bub erkennt. *Schneller,* sagt er ungewollt forsch, die Uhr in seinem Hosensack zeigt jetzt neun. Wie viel Stunden ist's her, dass der Karl abgehauen ist, zu lang. Und wenn's stimmt, was der Schlossercousin berichtet, dann ist der Karl im Wald für eine Nacht ein Freiwild. *Jetzt fahren S' schon. – Ich fahr ja. Aber der Wagen hat seine Geschwindigkeit.* Der Schuster sinkt kurz zusammen. *Viel zu lang.* Wischt sich die Stirn. Schaut zu, wie die Frau Doktor neben ihm aufs Gaspedal tritt, die Straße wird steil. *Kennen Sie sich aus, mit Autos?* Die Frau Doktor blinzelt fast schelmisch rüber, kurbelt nach links, der Wagen schwingt sich die Serpentinen hoch, das Dorf bereits lang hinter ihnen. *Das Modell hat gekostet,* wieder kurbelt sie, es haut den Schuster nun zur Mitte, nah an die Frau Doktor ran, *festhalten, sag ich. – Es tut mir leid,* brummt er jetzt. Die Stimm versagt dem Schuster. Wieder steigt sie fest rein, der Motor heult auf, dann schaltet sie einen Gang rauf, um in der nächsten Geraden im vollen Tempo. *Ich dank recht. Dass Sie so schnell reagiert. – Schon gut. Wir sollten ihn nur heil zurückbringen. – Den Wagen? – Ihren Sohn.*

Jetzt reißt's den Schuster. Er weiß um die Gefahr. Die Kernbrüder sollen von der Feier im Bürgermeisterhaus abgehauen sein, das hat die Platzer Anni erzählt, die dorthin aus dem Wirtshaus eine kalte Platte gebracht hat, wie's der Bürgermeister angeschafft, *weil heut wird noch der Schampus geschossen.* Die Platzer Anni hat reingespechtelt, *da sitzt eine ganze Gesellschaft zusammen, allesamt in feinen Schuhen,* sie hat sich gar nicht reingetraut. Aber gesehen hat sie, wie der Kern Hans und der Kern Bertl sich über die Hinterseit weggeschlichen haben, da hat sie eben noch das Geschirr eingepackt und wollt zurück, weil's ja selbst enorm viel Gäst heut haben, beim Platzer, nur hat dann der Hund gebellt, wie die Kernbrüder losgelaufen sind, *der keift genau so blöd wie sein Herrl,* der Bürgermeister selbst, nur so ist's ihr ja aufgefallen, der Anni. Und so hat sie's dem Schuster weiterberichtet, als der völlig aufgelöst rübergekommen ist. Ob sie denn nicht auf der Stell einen Wagen hätt, damit man den Karl findet, noch eh die Kernbrüder. *Jetzt setz dich erst mal,* hat der alte Platzer gemeint, ihm eine Pfeife gestopft, doch der Schustervater in einer noch größeren Aufgebrachtheit, *die bringen ihn um. – Geh,* beschwichtigt die Anni, die versucht alles mit einem Verstandesblick zu sehen, *wenn da was dran ist, sollt man lieber die Gendarmerie,* da sind aber schon die Töchter herangelaufen gekommen, die Gusti aus der Kuchl, die Friedl aus der Gaststube, *was ist? – Da draußen steht doch ein Wagen,* hat der Schuster nur vor sich hingeschrien, *ist das nicht dem Doktor seiner?* Und er ist rübergestiefelt, ins Eck, wo der Doktor mit seiner Frau und dem Herrn Oberlehrer und auch mit dem Preuß gesessen ist, die Friedl hat ihn zurückhalten wollen, *jetzt red doch, Vater, geht's um den Karl?* Der Schuster aber in wilder Entschlossenheit, hat sich hingestellt, vor den Doktor …

Achtung! Der Wagen schleift zusammen, die Frau Doktor fest auf der Bremse, den Schuster haut's nach vor, *Depp,* ruft die Frau Doktor, deutet in den Rückspiegel, die Faust geballt. *Wie die Narren schießen's an der Stell immer runter.* Sie hat den Wagen grad noch im letzten Moment an den Rand gelenkt, als das Auto vom Edelbauer in überhöhtem Tempo ins Tal, mit lautem Gehupe. Der Schuster aus seinen Gedanken gerissen. *Das wird noch mal Tote geben,* flucht die Frau Doktor. Sie bringt den Wagen wieder auf Touren, *wenn diese Motorisierung mal flächendeckend.* Der Schuster schüttelt den Schädel.

Im Dorf selbst sind's erst sechs Automobile. Der Herr Doktor hat eins. Der Bürgermeister freilich. Der Edelbauer, weil der die meisten Viecher hat und das beste Geld einsackelt. Das Kloster (das will das Kloster nicht gern sagen, aber haben tun's dann doch ein ordentliches Gefährt). Dann hat der neue Herr Oberlehrer einen kleinen Wagen, mit dem er immer in die Bezirkshauptstadt fährt, um sich ein Konzert anzuhören. Und dann der Baron. Das ist aber lang schon Schrott, dem Baron sein Cabriolet, wie alles dort. *Eine Wirtschaftskrise folgt der nächsten,* derweil ist's wohl eine Fehlwirtschaft, die den ehemaligen Aristokraten immer mehr reinreitet, so denkt's der Schuster, der ja selbst ebenso haushalten muss, als Kleinunternehmer, *geschenkt kriegt keiner was.* Das Jammern war nie seins. Der Schuster hat mit vielen Umständ zu kämpfen gehabt.

Aber stimmen freilich tut's schon (wenn er's unterm Strich anschaut), das mit der Krise. Er erinnert sich, wie sie im Bleimfeldnerhaus in den besseren Tagen noch eine Hilfskraft für den Haushalt gehabt haben und eine Hilfskraft für den Betrieb, so gut aufgestellt war das Geschäft. Die Schuh haben sich verkauft, bevor dann der Niedergang der letzten Jahr. Verfluchte Jahr, und er greift sich auf die Brust. *Jetzt wird's ja endlich wieder. – Was?* fragt die Frau Doktor. Hat er's jetzt laut? Er kommt schon durcheinand. Manchmal würd er sich einfach gern wo hinsetzen und hoffen, dass er nimmer aufstehen muss. *Haben S' was gesagt, Herr Bleimfeldner? – Nichts,* meint der Schuster. Abgeschweift in seinem wirren Hirn.

Er schaut ihr ein paar Augenblicke nur zu, der Frau Doktor im Sonntagskleid, die Schuh hat sie ausgezogen, nur in den Strümpf steigt sie auf die Pedale, *so geht das besser.* Immer ein keckes Lachen, *Frohnatur*, gar nicht einfach bei dem Grantler von Mann, denkt der Schuster. Überhaupt gar nicht einfach in diesen Tagen. *Fröhlich zu bleiben.* Und er ist beeindruckt, wie diese Frau es schafft, das Gefährt in der Spur zu halten. Er selbst hat es einmal versucht, das mit dem Autofahren. Ist aber gründlich schiefgegangen. *Eine Höllenmaschin,* hat er geschimpft. *Hast einfach kein Gespür fürs Technische, Vater.* Der Hubert, der jüngere Sohn, hat ihn ausgelacht. Er hätt dem Rotzlöffel gern eine Watsche gegeben, aber dem Schuster fehlt die Luft. *Ein Krüppel ist's, der Vater,* so sagt's der Rotzlöffel von Hubert und tut, was er will, ungestraft. Hauen sollt man ihn, die Mutter macht's aber nur unzureichend. Die Schwestern trauen sich nicht. Der Karl, warum schlägt der Karl nicht einmal ordentlich. Jetzt wünscht er sich, der Karl hätt mehr von einer Gewalt in sich. Dann würd er sich jetzt wehren. Dann würden die Kernbrüder gar nicht erst so ausrücken. Dann hätt das Dorf einen Respekt vor seinem ältesten Sohn. Wer wagt's denn, ihm heut ein Haar zu krümmen? Der Schuster, in einer inneren Rage plötzlich, hört wieder Regimentsrufe, Feuergefechte, ist in der ganzen Statur schlagartig alarmiert. Da herrscht jetzt wieder ein Krieg. Er hustet Schleim. *Geht's?*

Die Frau Doktor fasst kurz rüber. Eine fremde Hand auf dem Schuster seinem Schenkel. Wie lang ist das her? So eine elegante Frau und so ein heruntergekommener Invalid, dessen Handwerk nur mehr gespenstischer Rest ist und er selbst, wann hat er sich das letzte Mal überall gewaschen? *So* lang ist das her! Die Frau Doktor bleibt besonnen. In einer Souveränität versucht sie dem Schuster die Angst zu nehmen, eine schöne Frau, denkt der jetzt. *Geht schon. Ist nur. Manchmal kommt wieder alles hoch.* Sie nickt. In jeder Familie gibt's die Geschichten. *Es gibt Dinge, die brauchen. Ewigkeiten.* Ihr Atem hinterlässt auf der Fensterscheibe eine matte Spur. Sie wischt die Sicht frei. Das Innere der Fahrerkabine erhitzt. Draußen hat die Dämmerung alles ins Dunkel gehüllt, sie schaltet die Scheinwerfer an, die Frau Doktor. Ihre Hand wieder vom Schusterschenkel genommen, fest umklammert sie das Lenkrad.

Gut, dass Sie fahren und nicht ich. Ich wüsst nicht mal, wann die nächste Kurven kommt. Jetzt lachen beide. Sie schaut kurz rüber, wirklich eine schöne Frau. *Keine Sorg, mein Mann weiß das auch nimmer. Ist halt schlimm, mit der Kurzsichtigkeit.* Ihre Lippen gehen nach oben, geschminkt sind sie, sie hätt wohl gern einen guten Abend heut gehabt. Der Wagen neigt sich in einer leichten Schräge, *danke,* sagt er jetzt. *Dass Sie, ich mein. Ist ja nicht Ihr Sohn. Sie hätten mich ja auch einfach zum Teufel jagen können.* Sie schaltet einen Gang höher. *Ja, hätt ich.* Und beschleunigt in die Finsternis hinein.

17

Kauert der Karl im Eck, im Innern der Hütte, der Boden lehmig und von altem Stroh bedeckt. Verkrampft. Redet leise vor sich hin, als wär's ein heimliches Gebet, von dem er sich Beruhigung erhofft. Reiß dich, Karl, reiß dich. Er stampft in den Untergrund, schlägt den Hinterkopf gegen die Latten. Das macht ihn wieder wach. Legt die Gedanken klar. Er beginnt nun, mit Blicken unaufhörlich den Rillen im Holz folgend, das Geflecht von Angst und Wut, Ohnmacht und Erschöpfung zu entwirren und den Anfang zu finden, warum er eigentlich hier: Erika. Und Innsbruck.

Herbst '36 kam er in die Stadt. Aufgeregt. Wissbegierig. Und eingeschüchtert, das *Landei*, das noch nie mit der Straßenbahn gefahren war und Deutsch und Geschichte belegte. Der Karl war eifrig. Übereifrig. Und gut aufgehoben, in seiner katholischen Verbindung. Schaute sich ab, wie andere sich verhielten. Ahmte nach. Streunte mit den Höhersemestrigen durch die Weinstuben. Feilschte um die besseren Argumente und darum, wer letztlich die Rechnung bezahlen sollte. Trank und debattierte bis in die Morgenstunden. Und nahm wahr, was doch alle lange schon sehen mussten: Sein Innsbruck wandelte sich. Spätestens ab dem zweiten Studienjahr waren die Hakenkreuzler die Selbstbewussten in der Stadt. Wie die Hähne marschierten sie stolz, fast täglich nun, akkurat und abgeschleckt. Die Vaterländischen waren zwar noch an Zahl überlegen, nur wurden sie leiser und bedächtiger, lag's an einer Zurückhaltung? Haben sie die Nazis zu sehr belächelt? Die sind anfangs doch abzuzählen gewesen, jeder hat sie gesehen, ab dem ersten Tag. Als Illegale sind sie schon drinnen gehockt, im Hörsaal, und haben geschwiegen, demonstrativ, anfangs in den hinteren Reihen verstreut, aber je lauter die Rufe aus dem Nachbarland wurden, je gewaltiger die Übermacht Hitlers in Deutschland nun auch in Österreich erkennbar war, und je schlimmer sich die Vaterländische Front selbst spaltete, desto geschlossener saßen sie nun. Die akademischen Nazirecken in der ersten Reihe bei Professor Dengler, die *patriotische Vorlesung*, verpflichtend für alle Neueingeschriebenen. Mit höhnischem Grinsen und provokant in den Gesten, so haben sie's begonnen zu boykottieren. Durch gespieltes Desinteresse und aufdringliches Gemurmel über den Dengler'schen Vortrag. Der Karl hat sich anfangs nur belästigt gefühlt, später zunehmend eingeschüchtert. Beim Verlassen des Hörsaals ist gedrängelt worden, ungut ging's zu, so als würde was ausprobiert. Auch dem Karl seine Kommilitonen haben erst noch alles heruntergespielt, zurück in der Bude sich in vermeintlicher Sicherheit wähnend, *denen würd's Lachen noch vergehen.* Dann ist's aber immer lauter geworden. Sehr laut.

Dem Professor Dengler hat man's mehr und mehr angesehen. Wie ihm eisig, ganz fahl das Gesicht. Zur Gegenwartsgeschichte hat er gesprochen. Und keiner hat es sich zu fragen getraut, auch wenn die Frage auf der Hand doch lag: *ob denn das derzeit Stattfindende nicht alles an Gegenwart auf den Kopf stellen wird, ja muss.* Sie haben noch die Zuständ der Monarchie vor dem Weltkrieg besprochen, die unsäglichen Friedensverträge, die historische Dimension eines Dollfuß … da hat's dann aber geendet, mit dem Blick auf die Geschichte. Das Hier und Jetzt hatte man mit sich selber auszumachen.

Über seinen Büchern hat der Karl damals gehofft, Abstand zu finden, zu den Ereignissen dieser Tage, als oben auf der Nordkette die Hakenkreuze gebrannt haben und in der Stadt ein Jubel aufgeschallt ist, es wurde das Horst-Wessel-Lied gesungen und eine Österreichflagge zerrissen, und er hat nur zugeschaut, keinen Mucks, den Kopf gesenkt, weiter. In der Studienbibliothek dann die unbequeme Stille. Er hat rumgeblättert, ihm ist kein Inhalt mehr hängengeblieben, überall sind ihm die Gesichter der Straße aus den Zeilen gehüpft, ihre Hand ins ewig Weite nach vorn gestreckt, die schwarzen Binden, ihr Stolz, unterm Triumphbogen durch, die ganze Maria-Theresien-Straße: *Er wird kommen!*

Der Karl musste sich plötzlich umdrehen, in der Bibliothek. Da hat doch einer geklopft. In einem Rhythmus. Und andere stimmten ein. Er duckte den Kopf runter, hielt sich kurz die Ohren, jetzt trommelte der halbe Saal. Wieder das Hohngelächter der Recken, sie krochen nun aus allen Winkeln. Das Getrommel wuchs (so ähnlich schnalzten sie immer am Vierviecherplatz am Ende des Faschings zum Kehraus, die Geister sollten damit verjagt werden, mit der Peitsche), dieses Schlagen aber der Schreibstifte in den Bibliotheksreihen war unheimlicher. Sie huldigten einem Gespenst. *Ruhe!* Eine junge Frau war aufgestanden. Mitten im Saal, hat sich hingedreht, zu allen, die da schlugen, sie hatte Courage. Dann hat sie sich wieder gesetzt. Das Burschengetrommel verebbte. Einer der Nazis hat dann sein Buch zugeschlagen und ist ganz nah an der Widersprechenden vorüber, hat sie gestoßen, alle Augen auf der Aktion, sie mit wacher Miene angefahren, *he!* Er spuckte runter, auf ihren Tisch. *Merk dir's! Lang hast nimmer hier was zu sagen!* So war's, in den Tagen, an die der Karl nun denkt.

Im Café Central hat er sie wiedergesehen. Erika. Die junge Frau, die sich getraut hatte. Hat gesagt, *he, bin da grad nur vorbei, wollt nur sagen, also, ich seh dich immer auf der Bibliothek ...* Und dann ist ihm die Sprach gebrochen, was hat er denn sagen wollen? Da ist diese hagere Frau mit den starken Augenbrauen, den dunklen, kräftigen Augen, den Lippen in einem Rot, wild gelockte Haare, die Zigarette hat sie umqualmt. Erika. Kunstgeschichte und Philosophie. Hat von der Düsterheit Caravaggios geschwärmt und dem Karl alles über die Darstellung Davids mit dem Kopf des Goliath erklärt. *Das Bild setzt erst ein, als schon alles vorbei. Die ganze Szene, ich mein, wo sonst das Gemetzel voll Blut, da ist hier nur das, was danach. Verstehst? Dieser David ist kein Held. Ist nur einer, der gemordet hat und nicht weiß, ob er drauf stolz sein soll.* Der Karl hat versucht, aufmerksam zu lauschen, sein Blick ging aber immer wieder in Erikas Schoß, dann auf die Brüste. Die Hosen trug sie modern, die Schuhe hoch, aus Leder, keine Bluse, *es ist das Hemd meines Bruders, das du anstarrst,* so hat sie ihren Vortrag unterbrochen, *wenn's dich mehr interessiert, als das, was ich sag. – Doch. Klar. Interessiert mich. – Kannst du küssen?* Ihre Forschheit überrollte den Karl vom Land. Die Erika aus Innsbruck, sie grub sich in seinen Mund, er hielt sich fest am Stuhl, in aller Öffentlichkeit. *Das Davor und das Danach, es sagt uns mehr über das Eigentliche als die rasende Tat.*

Dann hat sie ihm gestanden, dass sie ein Kind hat. Und verwitwet ist. Und dass es kein Student je sein könnt, noch dazu ein jüngerer als sie, der für ihr Auskommen sorgt. Es tät ihr leid. Sie hat noch die Rechnung bezahlt, ist raus, Richtung Bahnhof. Er ist ihr nach, hat gerufen, er sei kein naiver Bub mehr. Sondern ein David. Er hätt was vor. Sie hat lachen müssen. *Was hast denn vor? Mein düsterer David?* Er hat gemeint, am Wochenend ist Parade, vor dem Kanzler, da würd er aufmarschieren, wenn sie ihn da sehen und sich dann denken würd, gar nicht mal ein so Unfescher und vielleicht auch einer, der mich heben könnt, und ein aufrechter Mensch ist er auch, wenn sie so was denkt, so hat's der Karl ihr gesagt, dann soll sie ihm winken.

Da ist dann der Karl durch die Maria-Theresien-Straße gezogen, mit seinen Verbindungsbrüdern, und recht ernst hat er geblickt, ganz angespannt, nicht weil der Schuschnigg da seine Red gehalten hat und es den vaterländischen Verbindungen eine Ehr gewesen ist, nein, der Karl hat immer geschaut, ob die Erika irgendwo in der Meng steht. Und da ist sie dann gewesen. Und hat ihm gewunken. Mit der kleinen Liesl am Arm.

Vorsichtig nur hat er sich ab jetzt rangetastet. Auf einen Tanz sind sie manchmal gegangen, wenn die Kleine bei der Großmutter am Land bleiben konnte. *Einmal sich fallen lassen!* Sie hat gestrahlt und er hat zu tun gehabt, dass er ihr nicht auf die Füß tritt, und irgendwann hat sie gemeint, dass sie ein Lokal kenne, *da würd Flotteres gespielt.* Der Karl hatte von dem Ort noch nie davor gehört, und auch keinen Jazz kannte er. Er ist in dem verrauchten Schuppen unter den Aquädukten gestanden, hat die Erika aus den Augen verloren und nur versucht, nicht umgestoßen zu werden. *Jetzt beweg dich!* Sie hat sich von hinten an ihn rangehauen, *mein Möchtegern-David.* Sie hat verstanden, ihn zu provozieren. *Sei nicht immer so angepasst.* Und hat im selben Atemzug gemeint, ihr gefalle, dass da was drinstecke in ihm, was er noch gar nicht sehe. *Edelmut.* Komisches Wort. Wie aus einer alten Sage gefallen.

Edelmütig hat er ihr dann Kaffee gekocht, in der Früh, in seinem Mansardenzimmer. Sie sind gesessen, bis der erste Bus gefahren ist.

Nach der Nacht mit Erika ist ihm viel durch den Kopf, war er angepasst? Er hat die Fotos betrachtet. Die vielen Male, da sie in seine Kamera reingeschaut hat. Er konnt sich nicht sattsehen. Sie hat ihn gelockt. Älter als er. Schon mal verheiratet. War's die Erwachsenheit, die ihn reizte? Was will er ihr mal bieten? Der Karl wusst es nicht. Sie blieb ihm fremd. Und doch am nächsten. Die Stimm noch im Ohr. *Mein David, komm. Die Sonn ist noch nicht da.*

Die Gesänge draußen in den Straßen haben derweil weiter angehalten, es sind die Fahnen immer dreister gehisst worden. Er hat's gehasst, wie sie nun die Straßen durchschritten, in ordinären Hosen, *ganz und gar nicht edelmütig,* so hat er's gesagt, *was ist dieses schlicht banale Auftreten gegen uns.* Hat es erstmals in einem scharfen Tonfall gefasst, dieses Uns, aber die Erika hat gesagt, *so ein Uns, das sei ihr unbekannt,* sie hat erlebt, wie sie mit dem Kind alleine stehen musste, da war niemand sonst. Dem Karl sind jedoch üble Gedanken gekommen. Hat er sich so sehr in seiner Verbindungsuniform eingefunden gehabt, dass er's nun zerbröckeln sah? Das Gefühl, beheimatet zu sein? Wie hältst du's denn, mit deinem Österreich, Karl?

Es war eine klare Sache, in den Vorlesungen, die der Geschichtsstudent besucht hat. *Österreich hat sich neu gedeutet.* Für kurze vier Jahre wollt es ein *Sehnsuchtsort* wieder sein. Eine *Seele* hat der Professor Dengler beschworen, die immer auch mehr, als es das Deutsche je sein könnt: eine Geborgenheit, *süße wehmütige Heimat,* der Karl hat's gesucht, das Gefühl, von dem da die Red gewesen ist, der Dengler hat im Auditorium Maximum angehoben zu einem *Sendungsbewusstsein*, das kleine, übrig gebliebene Land auf der Suche nach einem Ort in der Geschichte, die Sätze hat er sich auswendig hingelegt, der Karl, noch im Einschlafen nachgesprochen: *Unsere Front ist eine Bewegung, einig nur gerichtet gegen jene vaterlandslosen und landesverräterischen Elemente, die unsere Hirne mit falschen Schlagworten benebeln, die Österreich entösterreichern, uns das Vätergold der Freiheit und der Heimattreue rauben wollen.* Die *Front*, die der Professor ins Felde führte, ist auch dem Karl sein Bekenntnis. *Die Vaterländischen werden eine historische Aufgabe übernehmen.* Im Kampf gegen das Hakenkreuz, das so tun will, als wär's ein Kreuz, das aber ein gebrochenes Kreuz, und für ihn, den Karl, gilt, was der Professor unten im Hörsaal predigt, *es gilt das gradlinige und unbeugsame Christuskreuz von Golgotha.* Es hat ihm gutgetan, solche Sätze vorgesagt zu bekommen. Viel konnt einen in diesen Tagen ins Wanken bringen. Wenig Zeit war, um sich hinzusetzen und ohne Hast und ohne Gehetze die Dinge zu betrachten: Wer bin ich hier? Wo will ich hin? Der junge Karl, zweiundzwanzig, hat eine Politisierung erfahren. Nicht als Ministrant im Kloster, nicht als Gymnasiast im Stift, da hat er sich noch naiv die Welt zusammengeschustert, der Schustersohn. Sondern jetzt, während draußen auf den Straßen Innsbrucks zusammenprallte, was eben zusammenprallen konnte: Radikale, Ultraradikale, Nationalliberale, Christkonservative, Nationalsozialisten, Marxisten, Kommunisten, patriotische Faschisten und er darin im Versuch, die Mitte zu finden.

Einmal hat die Erika einen Freund besucht und der Karl ist mit. Es sollt ein feiner Nachmittag werden, und er hat gedacht, er wird jetzt als ein *Zukünftiger* vorgestellt, nur kam es anders. Denn dieser Freund war ein ehemaliger

Kollege des verstorbenen Gatten. Während die beiden, Erika und dieser Heinrich, alte Geschichten ausgruben, von denen der Karl nichts gewusst hatte, fühlte er sich mit einem Mal ausgeschlossen und sie erschien ihm plötzlich fremder als je zuvor, seine Erika. Damals jedenfalls, an diesem Sonntagnachmittag, als sie auf einen Kaffee den Heinrich trafen *(den musst du kennenlernen, Karl, ein so ein Lieber!)*, und die Erika hat ihren Schmollmund aufgesetzt und ihm kurz provokant die Zunge gezeigt, weil sie gewusst hat, es würde den Karl aus der Reserve locken, den so *Angepassten*, der lieber zum Fußballspiel hat wollen und noch mit Kommilitonen in der Bude sich treffen *(geh, komm mit, der Heinrich ist ein Lebemensch!)*, da ist er also mit der Erika hin und hat erst spät gemerkt, als er in den Wänden eines ungeordneten Daseins improvisiert Tee aus Indien trinken musste, dass es sich um eine *sozialistische Vergangenheit* handelte. Hatte die Erika ihr Vorleben verschwiegen? Noch am Heimweg hat er sie gefragt, *was da gewesen sei*, mit ihr und dem Heinrich und ihrem Mann. Sie hat das sonderbar gefunden und unangebracht, dieses Fragen. Was denn für ihn eine Freundschaft sei? Aber der Karl hat nicht nachgegeben: *Ihr habt verbunden gewirkt, mehr als es Freunde sind.*

Eine Eifersucht ist hochgekrochen. Und er konnt es nicht verneinen, als die Erika ihn damit konfrontierte, dass er doch nicht so engstirnig sein solle, nur weil sie gemeinsam mal was hatten, *du Katholik, du*, hat sie gesagt, da ist ihm fast die Hand ausgerutscht. *Was bist denn du?* Sie hat geschluckt? Sie hat sich verabschiedet und gesagt, sie müsse nach Haus. Immerhin habe sie eine Tochter. Die erlaube es gerade nicht, die Zeit mit *Unerheblichkeiten* zu vertrödeln. Sie ist aufgebrochen. Wie eine Dame, die schlecht behandelt worden ist. Der Mantel mit dem

Pelzkragen, er sah ihn noch durchs Fenster, der Bus fuhr in die Dämmerung.

Hat er ihr Unrecht getan? Er hat es nicht ertragen, dass sie nicht ganz und gar dasselbe vertrat wie er. In den täglichen Dingen und auch in den großen Zusammenhängen. Er musste es wissen, also schrieb er ihr Briefe. Offenbarte ihr seine Haltung. Fragte nach ihrer: *Was ist denn für dich die Bestimmung dieses Landes?* Erika hat zurückgeschrieben: *Es geht doch nicht um das Land. Wir brauchen jemanden, der da ist. Und nicht hitzköpfig wieder ins Feld ziehen will.* Wollt er denn das? Das Feld, es war nicht seine Sache. *Ich bin Pazifist*, schrieb er zurück. *Was bleibt von deinem Pazifismus in den Reihen deiner Verbindung? Dein Säbel ist kein Zeichen von Frieden, mein Herr.* So hat sie ihm wieder sein eigenes Handeln um die Ohren geworfen. Was wollt sie denn? Der Karl hat bis dahin gedacht, die Erika wär ihm *aufgrund* der Uniform verfallen, da hat er erst gemerkt, dass sie ihn scheinbar *trotzdem* lieb gehabt hat.

Er hat sie dann einfach gefragt, ob sie mitfahren will. *Dorthin, wo er herkäm.* Damit sie sähe, was für ein Mensch er sei.

Das war dann der Tag, als sie gemeinsam in den Zug sind, der hat sie durch Tirol gebracht. Die kleine Liesl ist bei der Großmutter geblieben. Die Erika hat sich angezogen, als sei eine Theaterpremiere. Ein Wetter hat das gemacht. Er ist sich frisch verliebt vorgekommen, der Karl. Mit der vier Jahre Älteren, dass er *so eine Partie* abkriegt. Es ist jetzt nimmer um die Einstellung auf der Straße gegangen, sondern ums Innere der beiden. *Du machst mir Angst, wenn du zu fanatisch redest.* Das hat er verstanden. *Weißt, es ist mir einfach ernst, mit der Welt. – Da ist ja schön, dass es dir ernst ist.* Und sie hat ihn geküsst, da ist der Zug nach Linz, sie sind umgestiegen in den Regionalzug und der kleine Bruder, der Hubert, hat die beiden mit einem Wagen vom Bahnhof abgeholt, hat getan, als sei er ihr Chauffeur. *Wo hast den her?* Der Hubert hat geflirtet mit der Erika. Kaum fünfzehn Jahre und ihm sind die Hormone durchgegangen, grad, dass er nicht die Finger an ihre Schenkel hat legen wollen, *schau auf die Straßen! Hast denn überhaupt schon den Führerschein, Kleiner?* Die Erika hat vorn sitzen dürfen, so sind's die Landstraßen abgefahren, über die Felder, ein schöner Spätsommertag 1937.

Der Karl hat schon so viel von dir erzählt, hat die Friedl dann gesagt, als sie ihnen entgegengelaufen ist, die Mutter auf der Bank vorm Haus, der Vater in der Werkstatt, *was, kommt er nicht? – Er hat noch eine Arbeit, Bub, er wird schon. – Aber ich muss ihm doch wen vorstellen.* Der Karl war aufgeregt, er hat sich's nicht gedacht, dass ihm das Herz so schlagen tät. Die Erika auf den Stufen zur Tür rauf, schießt ein Foto. Er hat den Apparat extra mitgebracht, um alles zu dokumentieren. Es sollt nimmer in Vergessenheit geraten. *Aus Innsbruck kommt er mit der Lieb zurück, und einem Doktortitel.* Das war sein Traum (und er wollt den Stolz der Familie haben und sagen können: *Macht's euch keine Sorgen, einmal, wenn es schwer wird, ich kann's euch schicken, das Geld*). Und die Gusti hat sich eingehängt, bei der Erika, und gemeinsam sind's eine Runde gegangen, die Friedl gleich mit. Die Schwestern haben sie ausgefragt und ihr sicher alles erzählt, über den großen Bruder. *Sagt's aber nix Schlechtes über mich,* hat er nachgerufen. Das ist jetzt über ein halbes Jahr her. Das Schlechte, hat er das jetzt getan?

Auf dem Feld unterhalb vom Baronteich sind's gestanden, haben ausgelassen Fangen gespielt, die ganze Familie beisammen, auch der Vater ist gekommen, mit einem Korb Äpfel, damit ein jeder jetzt einen Apfel im Mund hat und in die Kamera lacht. Der Karl hat das übermütige Familienporträt festgehalten. Und hernach alle brav in einer Reihe postiert, die Erika neben der Friedl und dann der Hubert, nur hat der Hubert sich immer näher zu ihr hingeschoben, den Arm um sie gelegt. *Kleiner Bruder*, hat er gerufen, *halt dich zurück*, der Hubert hat wieder einen seiner Sprüch gelassen, anstößig hat er was ins Ohr von der Erika geflüstert, die hat sich das alles gefallen lassen, jedenfalls äußerlich. Geschlafen hat's, wie sich's gehört, außer Haus, im Fremdenzimmer, aber sie haben noch eine Nachtrunde gedreht, *darf ich bitten?* Mit einer Flasche Wein sind sie flaniert, wie sie's sonst in Innsbruck in der Innenstadt machen, nun im Dorf. Er hat sie in den Studentengarten raufgeführt, zum Rosenteich, die Stiftsglocken haben geschlagen, *da bin ich zur Schul. – Bist ein Lieber*, hat sie gemeint, *ist ein schöner Tag gewesen. – Und? Wirst mich nehmen? – Das werd ich mir erst überlegen. Solang du nicht auch so ein Schwein bist wie dein Bruder. – Dachte, du willst es nicht so angepasst.*

Und dann ist in Innsbruck die Welt anders geworden. Sie sind zusammengewachsen. Im Hass der Straßen. Haben sich fester an den Händen gehalten. Haben bemerkt, wie gut es tut, wenn da jemand ist, während das Geschrei ein lauteres wird. Sie haben sich Tee gemacht und Kuchen geholt, aus der Feinbäckerei, und auch mal weggeschaut, wenn wieder eine Wand beschmiert wurde, das Fenster des Uhrmachers, die Frau aus dem dritten Stock beschimpft, weil sie jüdisch ist. *Hätten sie früher etwas sagen sollen?* Erika war immer kurz davor, dass sie einem der Burschen, die sich vor dem Haus vermehrt positionierten, um hier zu rauchen und Zeitungen auszutauschen, die Meinung sagt. Der Karl hat sie zurückgehalten, sie seien es *nicht wert*. Mit der Kleinen am Arm sind sie durch die Stadt, haben auf Spielplätzen mit dem Ball herumgetollt, Lieder gesungen, da hat die Liesl berichtet, wie bei ihr in der Straße ein Junge ausgelacht worden ist und geschlagen. *Hast du auch geschlagen, Liesl? – Es haben doch alle geschlagen.*

Unter der Woche ist der Karl in den Hörsälen gesessen, hat Seminararbeiten verfasst, die Nächte über Schriften verbracht, hat sich *die Gegenwart vom Leib halten wollen*, was immer schwerer wurde (ein Professor hatte sich das Leben genommen, samt seiner Tochter, gerade erst siebzehn, aus Angst). Diese Gegenwart kroch dem Geschichtsstudenten fast täglich nun heran. Nur in der Antike fand er Zuflucht, in alten attischen Seeschlachten (darüber wollte er seinen Abschluss machen). Bei schlechtem Licht an seinem Schreibtisch im kleinen Studienzimmer. Das Geld dafür hat die Mutter geschickt, jeden Monat kam ein Brief. Da die Erika eine Witwenpension bezog und wieder daheim lebte, war ihr Auskommen zwar gesichert, eine Heirat musste aber her. Die wilde Ehe entsprach nicht seiner Vorstellung vom Leben. Die Erika hatte dagegen viel an Enttäuschung hinter sich, gerade aufgrund solcher Ansichten. Daher war er noch zurückhaltend. Sie trafen sich öfter ohne Kind.

Er hat sich umgeschaut, nach einem Nebenerwerb. Bestenfalls einer festen Anstellung. Noch hin und her gerissen. *Auf wen ist zu hören, in diesen Tagen?* Die Vernunft. Die Pragmatik. Die Lüge. Legt sie mir jetzt auch schon die Schling herum, die Angst?

Und dann ist er in der Runde gesessen, mit den Kommilitonen, alle bei ihrem Bier, am Anfang des neuen Semesters, März '38. Und er sagt's, als wär's ein Witz. Ich stimm dagegen. Hat's wer gehört? Kurz ist ihm gewesen, als wär's eine Beklommenheit plötzlich. Werden sie es ihm alle gleichtun? Für die Erika mach ich's, hat er sich später gesagt, hat's in die Nacht reingeflüstert, als er sein Innsbruck verließ, mit dem Koffer zum Bahnhof schritt. Und für die Kleine. Dann ist er in den Zug, zur Abstimmung. *Soll doch eine Welt mal haben.*

18

Schleicht der Hubert ums Bleimfeldnerhaus, will nicht gesehen werden. Lehnt sich ran, an die Mauer, da bröckelt's ab, *sollt der Vater mal was tun,* schimpft er innerlich, *muss man jetzt alles bald selbst,* der Fünfzehnjährige macht mehr schon, damit rundum alles hält, als alle anderen, so empfindet er's, der Hubert. Der große Bruder in der Stadt, bei seinen Büchern nur, der Vater immer weniger nüchtern und ein Gerippe bald, *da bleibt's an dir jetzt, Hubert,* so sagt's ihm die Mutter, dabei weiß er, wie wenig sie von ihm hält, dem dummen Nachzügler, der schon in der ersten Klass besser von der Schul geflogen wär, nie hat ihm wer was zugetraut, *vielleicht hätten's mich gar nimmer kriegen sollen, Vater und Mutter,* so denkt er sich's manchmal. Alles redet nur vom Karl.

Er steht am hinteren Hauseck, verdeckt vom Haselnussstrauch, gräbt in der Hosentasche, zieht eine *Türkische* heraus, geklaut freilich aus der elterlichen Trafik, wem fällt's auf? Sicher fällt's der Mutter auf, die zählt alles penibel, dann wird sie fluchen und den Hubert herzitieren, *wer sonst wird's gewesen sein. Wenn was fehlt, war's der Hubert,* und er wird sagen, *geh, Mutter, wegen der einen Zigaretten. – Aber es bleibt nicht bei der einen,* und die Mutter wird einen Bibelspruch herunterleiern und ihn zur Beichte schicken (sie würd ja täglich den Rosenkranz für den Missratenen beten, *damit er nicht in die Höll*). So hat er's genau im Ohr, wie's ablaufen wird (wie immer läuft's ab). *Ich bin der Depp!*

Zündet sich die *Türkische* an, ein einsamer Funke in der frischen Nacht. Er steckt die Hände wieder in die Hosentasche, der Wind wird stärker. Und am Horizont *braut sich was.* Die schwüle Front vom Nachmittag prallt auf eine unerwartete Kälte, *ein Grollen,* wenn er genau hinhört.

Er stampft auf die Pflasterung, der Stein wackelt, auch da ist nachzubessern, *alles verkommt, Vater.* Aus Trotz tritt er nochmals, *sag's doch dem Karl! Wenn der schon mal da …* Und noch fester tritt er rein, mit den schweren Schuhen, dann auf die Mauer, wo der Verputz nun vollends herunterfällt, schaut zu, wie's rieselt. Schnauft fest. Zieht den Rotz nach oben, oder ist's eine Trän? Was hat der Hubert, der doch sonst den Starken spielt, als würd's ihm nie was ausmachen, wenn ihn wer anschreit oder auslacht?

Asche fällt zu Boden. Der Hubert sinkt mit ihr runter, hockt sich aufs Pflaster. Es fallen Münzen aus der Hosentasche: *dageblieben, Scheiß!* Seine Hand greift in die Wiese, da sind's hingerollt. Zu dunkel schon, um's mit freiem Aug auszumachen. Er tastet den Untergrund ab, zählt innerlich mit, weiß genau, was er bekommen hat. Und *wofür* er's bekommen hat.

Hat immer gewusst, dass es eine Gratwanderung ist. Dass er auffliegen könnt. Dass ihm *das eine oder andere Ding das Genick,* er mag diese Formulierungen. Kennt sie aus den Heften von der Trafik, da sitzt er gern und liest (auch der Hubert hat seine Lektüre). Er blättert wie ein Verrückter durch die Wildwestgeschichten, da ist er sein *eigener Held.* Außerdem hat es ihm die Geheimlade angetan, zu der nur die Mutter den Schlüssel hat. Die ist zwar erzkatholisch und betet für alles und jeden, aber wenn's ums Geschäft geht, wird sie pragmatisch. Da bittet sie die *Altherrenkundschaft* mit ihrem *Altherrengrinser* ins Hinterzimmer und der Hubert hat sich dieses Grinsen genau abgeschaut, weil er doch der Mutter immer aushilft. Drum kennt er sich aus, mit den Zigaretten und den Lotterielosen und den Gasfeuerzeugen und den Zündholzschachteln, die seit drei Wochen alle ein Hakenkreuz tragen (damit auch der letzte Depp weiß, wo das Kreuz bei der Wahl heut hinzutun war). Und so versteht der Missratene von der Trafik schon mehr als der Vater, der kein Gespür fürs Geschäft. Der Hubert weiß, was der Lehrbub vom Tischlermeister kriegt (fünf Stück von der *Orientalischen*, einzeln auf die Hand). Er weiß, was der Tischlermeister selbst kriegt (die *Rundschau*, die *Reichspost*, das *Sporttagblatt*, die *Illustrierte für die Gattin* und neuerdings freilich den *Völkischen Beobachter*, so tun's jetzt ja alle). Und er weiß auch, dass der Schwager vom Tischlermeister aus der Nachbargemeinde, von wo er extra wöchentlich rüberfährt, *was aus der Geheimlade* konsumiert. *Gibt's schon was Neues?* fragt der Tischlermeisterschwager dann im Altherrenjargon. *Was Delikates,* tut's ihm der Hubert bald gleich, erst im Spaß, später recht ernst gemeint. Und die Mutter nickt (wird sich wohl innerlich bekreuzigen) und greift rein, ins Geheime, zieht *das Pornografische* raus, ohne selbst draufzuschauen, *hast du denn je die Bilder betrachtet, Mutter, die du verkaufst?*

Der Hubert kennt sie. *En détail.* Wieder so ein Altherrenwort. Dreckiges Lachen dann und das Geld wandert unauffällig aus dem Altherrensakko in den Trafikantinnenkittel. Für die Mutter ist's der nötige Zuverdienst, weil mit der Näherei und dem Vater seiner Werkstatt geht's nimmer lang. *Sag's nicht laut, Bubi, aber so schlimm ist die Sach jetzt nicht, mit dem Hitler. Der sorgt für eine bessere Auftragslag.* So macht die Mutter ihren Frieden *mit den Widersprüchen in ihrem Dasein,* denkt sich der Hubert, und so macht's auch er. Aber heut merkt er: *Er sitzt tief, so ein Widerspruch.*

Eine ordentliche Belastung auch. Er ist voll Wut gegen sich selbst. Aber was hätt er anderes tun sollen? Wenn der Kern Bertl ihn ansonst angezeigt hätt?

Jetzt hat er sie beisammen, die Münzen. So viel hat er noch nie auf einmal in den Fingern gehalten. Die paar Hefte, die er unter der Hand verscherbelt, die bringen ihm ein paar Lakritzstangen. Er kauft sich auch mal einen Schnaps, sagt dann: *Ist für den Vater!* Und er setzt beim Hahnenkampf gern *auf die größere Bestie*, schaut in der Männerrunde beim Bauern unten zu, wie Hahn gegen Hahn sich Aug und Gefieder rauspicken. Den Rest spart er. Hat *sein eigenes Geheimfach*. Denn der Hubert will mal weg. So wirklich weit weg. *Kann ihm alles gestohlen bleiben, echt.* Immer hat er schuften müssen, mit zwölf schon zum Bauern geschickt. Während man den *noblen Bruder* ins Lateinische eingeführt hat, ist aus dem Hubert ein *Knecht* geworden. *Und der Noble kriegt's Geld hinterhergehauen*, sieht er doch, der Hubert, wie die Mutter Briefe schickt, für den Karl, nach Innsbruck, mit ein paar Scheinen, die sie sich *abzwickt*, aus ihrer Trafikantinnenkasse, für den *armen Bub*, den Karl, *der muss doch auch was zum Beißen haben, beim Studieren. – Und ich?* hat trotzig der Hubert entgegnet. Die Mutter hat nur gelacht. *Geh, Hubert. Dir fehlt doch nix.* Ja. *Weil's keiner wahrnimmt, dem Hubert sein Fehlen.*

Mittlerweil hat er seine eigene Stammkundschaft. *Die geht rein bis ins Geistliche* (das kommt vom Sündenaufsagen). Er hat gebeichtet, dass er die *vulgären Heftl* aus der Trafik angeschaut hat und sich an den abgebildeten Brüsten *einen runterholt*, und der Pfarrer hat ihn erst gemaßregelt, dann aber begonnen, den Bub reden zu lassen *(red dir mal alles von der Seel!)*, und dann hat der Pfarrer irgendwann gemeint, um die Sünd besser zu verstehen und verzeihen zu können, müsst er *mal selbst einen Blick*. Manchmal ist dann auch ein anderer der Patres gekommen, mit *Sonderwünschen,* für die der Hubert ein *Exklusiv-Heftl* besorgt hat. So hat er dazugelernt. Und kapiert, *dass es nix gibt, im Menschlichen, das frei ist von einer Versuchung. Und auch das Schlimmste wird bei irgendwem irgendwann ein dreckiges Lachen hervorrufen.*

Jetzt geht das Stubenfenster auf, der Hubert duckt sich, über ihm streckt die Mutter den Kopf raus. Sie sitzt seit über einer Stund nur da, stickt und flucht. Zweimal ist ihr die Nadel gebrochen und immer hat er rein müssen, um ihr zu sagen, ob er schon was gesehen hat, ob *der Karl* zurück sei, *der Vater, die Gendarmerie.* Der Hubert hat verneint und wollt der Mutter gar nicht in die Aug schauen, *hast was? – Nix. – Klar hast was. – Ist echt nix. – Geh, mach dir nicht in die Hosen, Bubi. Keine Sorg. Der Karl wird schon das Richtige getan haben.* Und dann ist er wieder rausgeschickt worden, zum Ausschauhalten.

Der Klang der Kirchglocken legt sich übers Dorf, zieht die Ortsstraße runter, bis zum Hubert, er zählt. Wie viel Schläg noch, bis er einfach abhaut? Weg von hier! Ganz allein! Oder ist da noch wer bei ihm?

Natürlich gibt es sie, die Menschen, die ihm wichtiger sind als die Familie. Bei denen er sich aufgehoben fühlt, bei der Markét zum Beispiel. Die Markét hat ein Herz. Auch wenn sie von unten, in der Au, wo in einer alten Mühle ein Haus für die Bedürftigen eingerichtet worden ist. Aber das macht dem Hubert nichts. Er hat einen anderen Blick erlernt, auf die Orte und Menschen. Und auf die Gründe, warum Leut so sind, wie sie sind. Mit der Markét kann er reden. Und dann ist ein Kuss passiert.

Er hat dabei erst auf sich geschaut, auf die Spiegelung in der leise plätschernden Krems, ein frostiger Herbsttag war's. Am Ufer sind die beiden gestanden, bei ihrem Kuss.

Und der Hubert hat sich gedacht, *was fangt so eine jetzt mit mir an?* Was könnt er ihr denn bieten? Er kennt doch die mageren Kassaeingänge daheim. Auch wenn sie noch anständig die Sonntagskleidung auftragen, seine Leut, um ein gelungenes Kleinbürgerleben zu mimen, er kennt die Schuldenlast darunter. Was bringt's da groß, wenn die Schwestern sich beim Wirten die Füß zu Tode laufen, wenn die Gusti daneben noch auf die Nachbarskinder aufpasst? *Wir hetzen alle nur hinterher!* Er will nimmer hetzen. Er will wo ankommen. Mit der Markét, da sieht er sich auf einem Schiff, das ablegt. Er sehnt sich nach Amerika, dorthin will er sich durchschlagen, neu beginnen. *Nazis, Sozis, Katholiken, Kommunisten, ist mir doch wurscht.* Der Hubert hat nur einen Drang: *Wie krieg ich's Geld zusammen, für mein Madl?*

Er hat's wem erzählen wollen, das mit dem Kuss, einem besten Freund. Den hat er gesucht und nie war da einer. Und als der große Bruder wieder einmal daheim war, auf ein paar Tage *Urlaub von der Stadt*, da hat er angefangen und ist im Kreis gegangen und erstmals wollt er auf einer Augenhöh sein, mit dem Karl. Da hat der Karl aber von der Erika begonnen. Und der Karl hat Fotos gezeigt und davon geschwärmt, was die nicht alles für Mäntel und Schuhe trägt. Und der Hubert hat das Gesicht vom Karl seiner Erika verglichen mit dem von der Markét. Und hat nix mehr gesagt.

Vielleicht hat er's drum heut gar nicht mal so ungern verraten. Als der Kern Bertl dagestanden ist. Aus dem nichts. Und den Hubert am Krawattl gepackt hat, unten, bei der Brücke vom Käferbach, an der Stell, wo er sich mit dem Tischlermeisterschwager treffen wollt. Drei neue Hefte hat er dabeigehabt. Die Sach hätt eigentlich schnell verlaufen sollen und jeder wär gleich wieder weitergezogen, da hat's aber geraschelt, hinter dem Hubert, und die Kundschaft ist abgehauen, ganz ohne die Hefte, und die Hand vom Kern Bertl ist dem Hubert ins Genick gefahren, die andere hat ihm die illegale Ware entrissen, *schau an!* So hat er's Druckmittel gehabt und der Kern Bertl hat gemeint, er wüsst ja schon lang von dem Geschäft vom kleinen Bruder vom Karl, da hätt er schon ordentlich geschaut, *dass dem Karl sein kleiner Bruder so ein dreckiger Hund.* Und er hat sich die Titelseite des ersten Hefts angeschaut, gepfiffen hat er und gemeint, das würd sicher die Gendarmerie interessieren, *ist das denn direkt aus der Trafik deiner Eltern? Wie stehen die denn da?* Und der Hubert hat sich gewehrt. Dann war da aber auch der Kern Hans und es war ohne Aussicht, dass er hier rauskommen könnt, ohne einen Bruch in den Rippen oder im Kiefer (das hat der Hubert alles schon mal mitgemacht: *Als Knecht wirst andauernd verhauen, wennst an den falschen Herrn!*). Er bückt sich, der Hubert, wartet auf die Schläg. Ein Weinen gibt's nicht mehr bei ihm. Da hat er eingehalten, der Kern Bertl, *weißt, Hubert. Vielleicht überleg ich's mir anders. Wir wollen ja alle nicht, dass du dein fesches Gsichterl verlierst. Vor der guten Markét.*

Der Hubert und der Karl. So unterschiedlich sind's geworden. Und doch ähneln sie sich. Als er's heimgebracht hat, das erste Mal, seine Erika, da hat der Hubert gleich gesehen, die ist eine bessere Partie. *So eine* ist dem Karl meilenweit voraus. In ihrem Pelz ist sie dagestanden, im engen Kleidl, ein Gesicht aufgeschminkt, das so gar nicht ins Ländliche gepasst hat. Von der Universität hat er sie mitgebracht, *auf ein Wochenende herentführt, die Schönheit.* Eine gestandene Frau war sie. Eine reife Witwe mit Kind. Daneben der Studentenbruder doch ein Niemand. Ein schüchterner *Bubi.* Die Mutter muss doch innerlich zusammengebrochen sein! Wenn dem Hubert so was eingefallen wär, gleich *einen Gschropp* mitzubringen, und gar noch nicht verehelicht, *Jessasmariaundjosef!* Der Hubert hat sich, wie er sich sagte, *nichts geschissen.* Wenn der Karl alles kriegt, wird er doch jetzt zum Ausgleich bei der Erika zupacken dürfen! Kann der Karlbruder überhaupt so zupacken wie *der Nachzügler*? Er wollt ihn provozieren, den Bruder. Und als sie ein Foto gemacht haben (alle hatten sich rausgeputzt und der Karl hatte sich hingestellt mit der Kamera und ein Gruppenbild geschossen), da ist dem Hubert seine Hand an der Erika ihren Arsch. Wird sie sich's gefallen lassen? Gestrahlt hat sie, für den *Familienfrieden*, aber die Augen haben noch bei der Jause am Abend bös zum Hubert rübergeblitzt.

Am Ende dieses Wochenendes hat der Hubert die beiden Turteltauben mit dem geliehenen Wagen vom Baron (das hatte der Hubert alles eingefädelt) wieder zum Bahnhof kutschiert. Mitten auf der Landstraße sagt da die Erika, *halt an! – Wir sind gleich da. – Anhalten sollst.* Beide Brüder waren erstaunt, über die plötzliche Aufgebrachtheit. Er ist an den Straßenrand und dann hat die Erika nur gesagt: *Ich muss mir das nicht gefallen lassen.* Und gewartet hat sie, in strenger Stille, mit Sonnenbrille, auf der Rückbank. *Oder würdest du dir alles gefallen lassen. Karl?* Hergedreht hat sie ihn sich, den Karl, mit fester Hand an seinem Kinn, und ein langer Kuss drauf, auf den Karlmund, mit Zunge. *Sag deinem Bruder, er soll nicht so blöd schauen,* hat sie dann gemeint. Der Karl hat gestockt. Der Hubert auch. *Oder lässt du dem Gauner alles durchgehen?* Der Karl dreht sich her, fast entschuldigend hat er mit den Achseln gezuckt, *du sollst nicht so blöd schauen.* Der Hubert schaut also wieder nach vorn, auf die Straße, will den Gang einlegen, da setzt die Erika nach: *Und jetzt soll er sich entschuldigen, der feine Brudergauner. – Jetzt seid's nicht deppert,* regt sich der

Hubert auf, aber die Erika zischt scharf: *Entschuldig dich oder willst einen Schlag? – Von wem denn,* ruft der Hubert zurück, steigt aufs Gas, da hüpft der Karlbruder (so rasend hat er ihn noch nie erlebt) aus dem Cabriolet vom Baron, reißt die Fahrertür auf und zerrt den Hubert zu sich hoch, der Motor stirbt ab. *He,* ruft der Hubert. *Entschuldig dich,* würgt der Karl heraus. *Einen Scheiß,* rotzt der Kleine dem Großen entgegen, da fällt die Karlhand. Zum Bahnhof ist dann die Erika selbst gefahren. Der Karl bleich daneben. Und der Hubert ist zurückgestapft, ins faulige Daheim.

Für sein Madl also hatte der Karl geschlagen. Und für das Seinige schlägt der Hubert heut zurück, dem Kern Bertl seine Grobheit im Nacken noch spürend. *Was willst, Bertl?* Und der Bertl hat ihn angeschaut, vorhin unter der Brücke vom Käferbach, ein Rauschen war's, und das illegal Pornografische, das die Kernbrüder konfisziert hatten, war zu einer festen Rolle gedreht, mit der dem Hubert die Gurgel abgedrückt wurde. *Wenn ich den Karl jetzt suchen tät,* so hat er geredet, der Kern Bertl, *wo würd ich den jetzt finden?* Einen Sack Münzen hat der Kern Hans dann hochgehalten. Gescheppert hat's, das Geld da drin. Und nicht allzu lange hat der Hubertbruder hier überlegt, was seine Haut nun retten könnte. Und das Ansehen vor seiner Liebe.

Bubi. Wieder ruft die Mutter. Jetzt fährt er hoch, aus seiner Hockstellung an der Mauer vom Bleimfeldnerhaus. *Bin ja da. – Komm rein zu mir.* Und der Hubert schlapft zurück ins Haus, tritt ins karge Licht der Stubenlampe, die Stickerei der Mutter hat ein Ende gefunden. Nun trennt sie alles wieder auf. *Hilf mir. Ich seh ja gar nichts mehr. – Das Birndl ist dreckig.* Er bückt sich zur Mutter runter, dreht die Glühbirne aus ihrer Fassung, kratzt eine Schicht Staub ab, richtet wieder alles so, wie es die Mutter für ihre Arbeit braucht. *Du hast da was,* raunt die Mutter, nah an seiner

Wange. Nicht! Die Mutterhand geht an den jüngeren Sohn, der zuckt. Denn die Hand kennt er seit Langem nur mehr als eine züchtigende. Wann war's, dass er das letzte Mal so von ihr berührt wurd, durch Umarmung, aus Fürsorg?

Er macht zwar viele Scherze, der Jüngste von den vier Bleimfeldnerkindern, er hascht nach Aufmerksamkeit, und die Schwestern ziehen den Hubertbruder weiter auf, schubsen ihn, *wild,* sagt er dann immer, *wilder!* Aber womöglich nur, damit er was spürt. Damit er *sich* spürt.

Jetzt tastet die Hand der Mutter über die weiche Haut des Sohns, über Stellen, die immer noch kindlich sind, aller Erwachsenheit zum Trotz, *seit wann bist du blond?* Der Hubert stockt. Die Mutter zieht, langsam tut sie's und in der Stube kein Ton, das lange Haar der Markét aus dem Hubert seinem Hemdkragen. Er fürchtet nun die Mutterwut. *Schon gut,* sagt sie nur. *Ist doch alles gut.* Das Haar schwebt auf den fettigen Stubenboden.

19

Schiebt sich die Cilli vor, geduckt, durchs Gras, fast kriecht sie schon, hat Wiese zwischen den Lippen, spuckt, weil das Gefickert rumschwirrt, über ihren Haaren, *schleicht's euch,* wieder ein halber Meter. Sie dreht den Kopf nach hinten, lugt zurück, da versucht die Klara nachzukommen, sie ist nicht abgehauen. *Das hat sich die Klara nicht getraut.* Ist's abfällig, was die Cilli denkt, über die Freundin, die zuvor in einen Zweifel gefallen? Oder hat sie's nun mit einer Freud gesehen: Sie ist noch dabei. *Komm her,* flüstert die Cilli der Klara zu, wartet auf die Freundin, damit sie auf gleicher Höh. *Ich seh nix mehr,* sagt die Klara, und auch die Cilli schiebt sich nun durch's Finstere. Die Nacht ist da. Das Kleidl der Klara schon aufgerissen, jetzt sind auch ihre Strümpf verdreckt, nass wird es reingehen. Die Cilli hat eine Hose an, gutes Schuhwerk. Sie hält kurz die Hand der Klara, *sind gleich da.*

Sie wendet den Kopf wieder nach vor, versucht zu erkennen, wo die Brüder sind. Der Bertl ist rechts herum weitergezogen, mit dem Pamminger und der Luzi, der Hans ist mit dem Stadler linkerhand los, damit das Versteck vom Karl von allen Seiten. *Psst,* deutet die Cilli der Klara. Die beiden halten den Atem an, da war doch was. Sie sind gut zehn Meter vom Stadl entfernt. Da schnaubt was! Da drückt doch was beständig gegen die Holzlatte, jetzt ein Scharren! Die Klara will sich kurz aufrichten, mault, *ist doch Schwachsinn, wegen dem depperten Karl! – Nix da,* die

Cilli zieht sie runter, *spinnst! Wenn der was zum Schießen dabeihat!* Sie wartet auf Anweisung, die Cilli. Wo steckt denn der Bertl? Zwickt die Augen zusammen, der Mond kriecht hinter einer dicken Wolken hervor. Da liegt's kurz offen, die Lichtung. Sie erspäht, wie der jüngere Bruder mit dem Stadler, dessen Kopf zwischen Sträuchern rausragt, ebenfalls fast am Ziel ist. Aber rechts tut sich nichts. Der Wald ist dort besonders dicht. Wieder tritt im Inneren des Stadls was gegen's Holz, was ist da los? Sie glaubt, ein Ächzen zu hören. Ist da denn überhaupt ein Mensch drin? Das morsche Gebälk knarrt im Wind. Und in der Ferne donnert's. Die Cilli schluckt kurz.

Sie ist schon mal lieber in einer Wiese gelegen, und sie denkt an den Abend zurück, im Feld mit dem Oskar, da haben sie's ausgebrannt, und der Oskar hat rezitiert. *Das Hakenkreuz im weißen Feld auf feuerrotem Grunde!* Hat er da nicht versucht, um ihre Hand anzuhalten? Was hätt sie gesagt? Dass sie auch an den Edi manchmal denkt. Oder an den Alf. Der Oskar hat sich alle Mühe gegeben und gemeint, er wird sich endgültig lösen. Von seiner Familie. Das Sozialdemokratische eine Vergangenheit. Auch das Christsoziale. Aus dem Regiment in Linz sei er ausgetreten, *wo führt's denn hin, mit den österreichischen Führern? Braucht einen anderen. Einen national aufgestellten Sozialismus.* Er will nach Wien, hat er gemeint. Studieren. *Wir werden das Volk wieder mit einem Recht ausstatten.* Ob sie nicht mit? *Wie er das jetzt meint, dieses Mitkommen,* und sie hat gewartet, ob der ehemalige Gymnasiast einen Ring hervorzieht. Und hat sich in einer Ballnacht blütenweiß über verspiegelte Fliesen schreiten sehen, und tausend Kerzen waren entzündet, Heerscharen von Männern im Frack machten ihr die Aufwartung, sie wies einen jeden zurück. Einer wollte sie heben, in diesem Tagtraum, sie drückte ihn nieder. Stieg mit ihrem Schuh in sein Gesicht, da sprang Blut heraus, aus seiner Nase, sie verzog keine Miene. Sie kann sich's letztlich nicht ausdenken, ihre Rolle in einer Unterwürfigkeit. Sie hat nur gelacht, *im Feld mit feuerroter Wang,* ist aufgestanden, hat getanzt, wild sich hin und her geworfen, das Feuer betrachtet. Und dem Oskar hat sie nur geraten: *Wär gut, für die neue Zukunft, wenn du dir erst eine neue Vergangenheit zulegst. Einen Parteieintritt, der noch vor dem Datum deines eigentlichen Eintritts!* Das hatte sie sich vom Alf abgeschaut. *Ist gut, wenn du möglichst früh dabei, früh entflammt.*

Da fährt ein Blitz, zuckt in einer Immensheit, die Cilli haut's aus den Gedanken, grell steht plötzlich das Bild für einen Augenblick, die Lichtung, der Holzstadl, der Stoßtrupp der Kernbrüder und sie selbst, da hat sie's gesehen. Hinter dem Glasfenster. Ein Gesicht, das aus dem Schuppen herausglotzt, ist's der Karl gewesen? Eine Entstellung in dieser Fratze, fast war's ihr, als hätt's gar nix mehr Menschliches gehabt, nur mehr die Augenhöhlen, sie krallt sich in die Erde, Schlimmes kommt ihr hoch, das Gewitter ganz nah, was treiben die Brüder? Da zischt es, der Bertl mit einer Fackel, schwenkt sie im Finstern, wieder ein Blitz. Weiß überzieht's die Landschaft, alles hält an, so kommt's ihr vor: die Faust vom Bertl, sein Maul, das wild ruft, dahinter die Luzi, die die Händ hebt, als würd's in die Schlacht jetzt ziehen. Vor der Cilli ein grässliches Tableau. Eine Horde vor dem Einfall in Feindesgebiet. Doch drinnen, wo sie den Feind vermuten, in dem Stadl, da ist schon was passiert, sie ist sich jetzt ganz sicher. Die Fratze baumelt, sie hängt herunter, schlaff, an einem Seil. So schwankt sie, wenn der Wind durchs morsche Holz pfeift, mal links, mal rechts, klopft gegen Holz, tapp tapp, tapp tapp. Wer ist das? Riecht denn niemand den Gestank? In dem Durcheinander wandelt sich das gespenstische Antlitz, könnt es sie selbst? Die Cilli will schreien.

Wieder finster, es kracht, und von der anderen Seite entzündet der Hans die nächste Fackel, von beiden Seiten nun ein Zug an den Stadl heran, jetzt brüllt sie, die Cilli, ihr steht das Entsetzen im Gesicht, *nicht!* Aber die Brüder schon bei der Tat, *komm raus, du Hund!* Der Bertl stößt mit dem Fuß gegen's Tor, *zeig dich, Karl.* Der Hans tut's ihm nach, *Sauhund, komm raus,* die Fäuste klopfen, *nicht,* wiederholt die Cilli den Schrei, der ihr abbricht. Schon scheppert's, der Stadler hat eine Scheibe eingeschlagen, es klirrt. Die Cilli will aufstehen, die Klara zerrt sie nochmals nach unten, *was ist denn? – Da hängt doch wer.* Es zieht eine Kugel nun ihren Weg vom Bertl seinem Gewehr in den Himmel rauf, es fetzt durch die Nacht. *Letzte Warnung. – Hört's auf,* aber es versagt die Stimm, keine Sprach mehr in der Cilli. Stumm muss sie zuschauen, wie die Brüder nun die Fackeln reinwerfen. In Windeseil entzündet's drin den trockenen Untergrund, die alte Baracke ächzt auf, sie gehen in Lauerstellung. Gleich wird er rausstürzen, der Karl, wenn der nicht in den Flammen untergehen will. Er muss doch. Er wird. Sie bittet darum. Karl.

20

Der Schuster hatte bereits aufgegeben gehabt. Damals. Im Krieg. Ist im Rückzug gestürzt, im Niemandsland zwischen französischer und deutscher Grenz. Hatte es sich schon ausgemacht, mit sich selbst. Liegen geblieben, der Bleimfeldnerschuster, die Lung eingeschossen, die Luft weg, die Füß nimmer gespürt. Er ist in ein Erdloch gerutscht, hat die Ohren sich verstopft, Sand, Dreck, der Mund frisst Steine, *Hölle Welt.* So viel marschiert, der Schuster konnt keine Stiefel mehr sehen. Dann der Ruf. Wer ist's? Eine Stimm, die ihm bekannt. Dummes Schicksal, dass dem Schuster im Moment, da er schon abgeschlossen hat, eine Heimatstimm herangetragen wird: *He, Bleimfeldner. Nix da. Aufstehen musst.* Er dreht sich grad noch mal um, tut das Aug auf, blutunterlaufen. Der Schönbauer aus Sautern ist's, mit dem Dackelblick, noch in der Schlacht eine freundliche Erscheinung. Er streckt ihm die Hand hin, *da, auf mit dir. Denk an unsere Frauen. Die Lieb. Sie ist's wert, dass wir weiter.* Der freundliche Schönbauer. Und der Bleimfeldner will eigentlich einen Strich jetzt machen, was bleibt denn? Soll's doch ein End, das Leben!

Es läuft im Zeitraffer ab, wirbelt durch Jahrzehnte, reißt an einer Stell, als der Schuster im Winter spazieren war, da fliegt's in Fetzen davon, die Erinnerungsspur, mit wem geht er da? Wen hält er im kniehohen Schnee an der Hand, die Wangen eng aneinandergelegt? Er sucht nach den Enden der beiden Fäden, um seine zu kurz geratene Geschichte einmal noch zusammenzuknoten, will das Gesicht neben ihm erkennen: Seine Resl ist's. *Erzähl mir von dir,* hat sie gesagt. In diesem Winter damals, blutjung, ihre Finger haben sich schier zufällig nur berührt. Und er hat angesetzt, der Schuster, in seiner eigentlichen Passion, dem Geschichtenerzählen (er war mal ein großer Erzähler). Seine Augen leuchtend, seine Mimik belebt, die Gestik weit ausholend, kein Wunder, dass der sein Publikum begeistern konnt. Die Resl war ihm schon aufgefallen, als er zum dritten Mal zum Couplet hat rausmüssen, die Leut haben ihn rausgeklatscht, *noch eine Zugab, Bleimfeldner, eine Zugab.* Der Schuster an der Rampe, hat sich aus dem Hinteren der seitlichen Soffitten mehr und mehr ins Licht gespielt, bis zu dem Tag, als er dann auch *ihr* aufgefallen. Nichts Großes wird in seinem Dorf gegeben, so sagt er immer, doch es war groß für die Resl: Ihr Schuster hatte nur für sie gesprochen. So viel Gefühl in einem einfachen Bauernstückl, das hätt sie nicht erwartet. So sind sie dann gemeinsam heim. Aus dem Spazierengehen im Winter wurd ein Bankerlhocken im Frühling und draus ein Sichverlaufen im Kukuruzfeld, bis im Sommer ein Gewitter hereingebrochen kam, das hat sie überrascht, beide durchnässt vom Haslinger runter, er vor ihrem Elternhaus, das demnächst seinen Namen tragen würd. Die Immerl hat den Bleimfeldner geehelicht. Und eine frohe Familie sollt's werden. Da kam's erste Kind, das Mäderl, sie war so strahlend hübsch, ist das der Grund gewesen? Hat das Bild von der kleinen Annerl ihn wieder aufstehen lassen, am Feld im Niemandsland, zwischen deutscher und französischer Grenz? Jedenfalls hat er sich hochgerafft. Der Schönbauer aus Sautern hat ihn geschultert, zurückgeschleppt, hinter die eigenen Reihen. Erst bei seiner Rückkehr hat der Schuster erkennen müssen: Sie ist gar nimmer, seine kleine Annerl. Ist, während er an der

Front, im Siebzehnerjahr auf Seerosen gegangen. Die Dreijährige hat's nicht bemerkt gehabt, dass drunter der Teich ihr Grab sein wird.

Es sticht ihm jetzt die Lung. Er greift sich, *Vergewisserung einer Gegenwart, bin ich noch da?* So gern würd er wieder einfach liegen bleiben. *Da, Herr Bleimfeldner.* Die Frau Doktor reicht ihm eine Feldflasche, *mein Mann hat immer was zu trinken dabei.* Das Zeug brennt, aber erleichtert. *Danke.* Wischt sich die groben Lippen, wie weit denn noch? Bald müssen sie doch da sein. Er blinzelt in die Nacht. Da draußen alles so unklar.

Sind Sie eigentlich stolz? – Was? Und die Frau Doktor wird nun plötzlich ernst. *Ich mein, was der Karl da heut gemacht hat. Also. Was denken Sie darüber?* Der Schuster zögert, da er dieses Gespräch jetzt eigentlich gar nicht führen will. Grad war er einfach nur froh, dass ihn heut noch jemand hochfahren kann, ins Versteck vom Karl, das er gemeinsam mit ihm entdeckt, *eine Ewigkeit ist's her, da war noch eine Beziehung, Vater, Sohn.* Jetzt fallen da aber dieselben Worte, die der Karl ihm heut Mittag schon beim Most um die Ohren geworfen hat. *Was denkst du eigentlich, Vater? Wo stehst denn du? Freut's dich am End, dass wieder Stiefel produziert werden müssen. Für einen Mordsmarsch. – Du.* Und schlagartig fährt dem Schuster die Wut herein, der Jähzorn. Was weiß der Bub vom Verzicht? Weiß er's denn zu schätzen, dass seine Mutter und er immer nur geschuftet haben, damit er aufs Gymnasium? Das Schulgeld abgearbeitet, jahrelang die Schuh fürs Kloster genagelt, für umsonst. Und die Mutter hat's Messgewand genäht, für die Priester, und Bettwäsch gestopft und weiß der Teufel was, nur damit der Herr Student ihn jetzt maßregelt, im Politischen? Da kocht ihm alles wieder hoch, vom heutigen Tag. Nein, er hat es ihm nicht gesagt, nach dem Most. Was er als Vater darüber denkt. Was er vom Karl denkt.

Ich wär stolz, fährt die Frau Doktor fort. *Als eine Mutter.* Ihre Stimme klar. Und stark. Gar kein Zaudern drin, das im Schustervater so sehr sich verhangen. *Ich weiß nicht,* stammelt er nur. *Stolz … Ist's nicht einfach nur deppert. Der Bub denkt nur an sich selbst. – Ich hätt mich das heut auch gern getraut. Unter uns gesagt. – Was? – Wirklich zu sagen, was ich denk.* Die Frau Doktor schweigt in die Scheibe hinein. Der Schuster tut's ihr gleich. Und doch ist da jetzt kurz ein Eingeständnis. Hat der Sohn einfach nur gemacht, wozu der Vater zu feig war?

Sie sind auf der Anhöh, oberhalb der Wälder. Es liegt das Tal unter ihnen, beidseitig. Nach der nächsten Biegung wird er rausspringen, der Schuster, wird den Waldpfad nehmen, um zum Karl seinem Unterschlupf zu kommen. Die Angst kriecht jetzt hoch. Wird er da sein? Geht's ihm gut? Ist der Sturkopf nicht selbst verantwortlich, für sein Tun, das doch auch zurückfällt. Auf die Familie. Und der Schuster sieht eine Hakenkreuzschmiererei an seiner Werkstattwand: *Wir haben hier alle einen Ruf zu verlieren!* Und da schreit er: *Halten Sie an.* Die Frau Doktor lenkt zur Seite, stellt den Motor ab. *Da ist's.* Er schiebt die Tür auf, hievt sich raus, im ersten Schritt fällt er fast in den Abhang rein. *Warten S'!* Sie hält ihn, die Frau Doktor, nun Hand auf Arm. *Soll ich nicht mit?* Es flackert kurz was auf, zwischen schwarzen Stämmen, da zieht doch was vorbei, unter ihnen im Hang drin, sind's Fackeln? Er täuscht sich nicht.

21

Die Cilli schlägt die Hände zusammen, die Feuersbrunst zischt, bäumt sich auf. Das Dach hat's erfasst. Es ruft nun der Pamminger, *he. Komm raus!* Steht vor den Flammen. *He. Was ist denn?* Der Bertl zieht ihn weg. Der Pamminger in Panik. *Wir müssen rein! – Nix da.* Auch der Hans in einer Irritiertheit, *was ist mit dem? Karl … Geh her da … Händ hoch und raus …,* er knallt jetzt mehrmals in die Luft. Nichts.

Weg da, zischt der ältere Bruder. Der Bertl pfeift, der Hans packt die Sachen zusammen, *lasst's nichts zurück.* Die Cilli noch erstarrt, *komm,* sagt die Klara hinter ihr, die Freundin, die sie jetzt braucht. *Aber …,* und der Finger der Cilli deutet ins Feuer, *… da drin. – Psst.* Legt ihr die Hand um die Schulter, die Freundin. *Da ist niemand. Nichts ist da.* Es birst das Glas.

22

Flackert im Kloster das Licht, *wird mit den maroden Leitungen zu tun haben,* schimpft der Abt, schaut auf, bei seiner Abendrunde, die Mess ist vorbei. Es schimmert der Fliesenboden in den weiten Gängen, wenn's blitzt, ganz hell dann auch die weiß gekalkten Wänd. Stuf für Stuf steigt er rauf, der Abt, ins nächste Stockwerk. Links von ihm hängt *der leidende Christus,* wie hoch wird's sein? Aus Holz geschnitzt, drei Meter? Vier? So glotzt er runter, gemartert, der Gottessohn. *Eine Bedrohlichkeit muss es sein,* denkt der Abt, *für einen jeden, der hier zur Schul. Sollt man nicht ein anderes Abbild hängen haben? Den Beschützenden. Den Milden. Den Menschen.* Lang schaut er jetzt rauf: Es ist ja ein Mensch! Ist es das, was so schrecklich einem nahgeht? Da hat man das Menschliche selbst ermordet, reingerammt die Nägel, gepfählt den Leib. *Monströs das Handwerk der Fanatiker,* so kommt's dem Abt. Dann stockt er. Fühlt etwas in seiner Tasche, kramt rein, spürt den Fetzen Papier. Er hat's vergessen, dass er ihn noch eingesteckt. Es drückt die Abthand das Papier, so fest es geht. Würd gern haben, dass es verschwindet. Samt der Sprache drauf.

Es gab Zeiten, da hat man was proklamiert, hat Thesen sich herausgearbeitet, provokant und gottlos auch, aber *vom Geiste her.* Diese Zeiten jetzt sind anders. *Sollen sie mir gern ihre Glaubenssätze annageln, an meinem Tor, meinetwegen! Aber wie dreist die Schergen dieses Systems …*

Hat sie gesehen, der Abt, durchs vergitterte Fenster runtergeschaut, aufs Pflaster im ersten Stiftshof. Die Kernbrüder waren's! Mit Nägeln aus ihrem eigenen Laden (da tun's nicht lang um, die Kaufmannssöhne). Wer losgeschickt wird, als Mahner, der haut drauf und lacht dazu! Jetzt fällt er ihm raus, der Zettel, der ihm ans Klostertor geschlagen wurd, um Punkt eins: *Sie haben Ihrer Wahlpflicht noch nicht genügt. Auch Ihr Bekenntnis darf am heutigen Tage nicht fehlen.* Wozu sich hier bekennen?

Haben Sie's nicht gesehen? So hat's die Mesnerin bestürzt gerufen. Er ist schweigend an ihr vorüber. Natürlich hat er's gesehen. Er hat's gelesen. Er hat's auch verstanden, was man ihm da verordnet hat, diese Drohung in scheinbar unverfänglichen, bürokratischen Worten. Was ist denn gemeint, mit diesem Genügen. Mit dieser Pflicht? *Ohne Demokratie ist doch auch kein Recht, ergo keine Pflicht, ergo ein Frevler, der dem Verbrechen genügt!* Er hat den Zettel abgerissen und ist zurück zu seinen Arbeiten im Studierzimmer. *Sie sollten hin,* hat die Mesnerin ihm nachgeschrien, *alle anderen waren schon dort,* auch das hat er freilich gesehen. Er war ja nicht blind. Die gute Frau Mesnerin (eine beflissene, gerechte, allzu gerechte Frau) hat vorbildlich die Wahlplakette an der Brust getragen, gut sichtbar. Das banale Abzeichen der Eingliederung in einen *Lämmerverein*! Ein Hohn allen, die da erst gar nicht hingehen durften, *zum scheindemokratischen Akt.* Der Abt hat's doch mitbekommen, alle haben's mitbekommen, wer hier *schon lange vor dieser Verlogenheitswahl* mundtot gemacht worden ist (in Schnellverordnung legitimiert!). Und wie andere (es ist die Mehrheit!) im vorauseilenden Gehorsam ihre Mündigkeit ganz von selbst für tot erklärt haben. Ganz schnell ist das gegangen. Bis rauf zum Kardinal. *Heil Hitler!* So hat's die Kardinalunterschrift besiegelt. Und die Kirche hatte sich verkauft. Sich in den Neuwind hineingedreht, um ihren eigenen Fortbestand fürchtend, um weiß-der-Teufel-für-welche Privilegien feilschend, es ist ihm letztlich auch egal, dem Abt, dieses *Warum. Dass* es so weit kommen konnte, das ist doch das Bestürzende!

Um drei ist dann die kleine Zorn geschickt worden. Das Mädl hat den zweiten Zettel rangeschlagen, derselbe Spruch darauf. *Jetzt schicken sie schon die Kinder!* Alles und jeder wird denunziert. Seit Wochen geht nur Hass um. Der Abt ringt mit seinen Gefühlen. Er weiß, wie schwer es ist, wie aussichtslos. *Wenn Feuer mit Feuer und so weiter, doch drauf geschissen,* sagt er sich. Das tut gut. Dieser kurze Fluch. Und die Spucke, die an der Klostermauer nach unten perlt. Den Zettel mit der Giftsprache hat er auf den Boden geworfen.

Der Abt lehnt jetzt am Gemäuer. Schnauft. Sucht Halt. Seine Neider schimpfen ihn *den Roten unter den Äbten.* Ist er nicht einfach ein Besorgter? Was sorgt sich denn keiner? Ein erbarmungsloser Zynismus in diesen scheindemokratischen Sätzen. In der *Sorge um die Sorgen aller* allein *die Vorsorge für die Vernichtung.*

Jetzt reißt es ihn, beim Wort von der Vernichtung. Langsam hebt er ihn doch wieder auf, den Zettel samt dem Hohn, zittrig. Er ist ja auch nicht besser als die anderen. Ist er selbst nicht auch *hingegangen?* Natürlich, wie hätt er sich wirklich ernsthaft entziehen können? Die Jugend hat heut Schmier gestanden, an allen Ecken des Dorfes, bis zu den äußersten Ansiedlungen, auch in der Au unten und oben auf den Hügeln, überall sollte gezeigt werden, *wir haben euch im Aug.* Und ein jeder, der ihn nicht angetreten ist, den Gang zum Gemeindeamt, dem wurde die Mahnung an die Tür genagelt. Was passiert, wenn man sie missachtet? Was geschieht *nach* der Drohung? Er ahnt wohl, der Abt, dass er, egal wie sein Verhalten heute war, bald als *Gegner* gelten wird, als *Feind,* der zur Verhaftung ausgerufen. Und nicht einmal in den eigenen Wänden kann er sich sicher fühlen. Wer hat sich denn nicht aller bereits *vorsorglich arrangiert?*

Der Abt macht sich da nichts vor. Er hat es lang bereits gespürt, auch gesehen, wie zwischen den Ordensbrüdern, still und bald lauter, ebenfalls das Gift. Sie haben es aus unterschiedlichen Motiven aufgesaugt, weitergereicht, bis auf die Kanzel und über die Köpfe der Gläubigen versprüht. Er hat es lang mit Nachsicht versucht. Mit guten Worten. *Sie sind ja nicht alle überzeugt. Und man will doch auch das Kloster nicht gefährden.* War das sein Versagen? Diese *zu* gute Sprache gegen das ätzende Gemisch.

Jetzt flackert's erneut in den Gängen. Die elektrischen Lampen, er hatte sie in den besseren Jahren nach Gründung des Gymnasiums montieren lassen. Endlich war eine Modernität ins Kloster eingekehrt. Er hatte so vieles *revolutioniert*. Einen *liberalen Geist* wollte er bringen. Da blitzt's. Und er steht im Dunkel. *Finsterstes Jahrzehnt!*

Er tastet sich vor, in seinem eigenen Haus bald am Stolpern. Ein Zucken erfüllt neuerlich die Gäng, das Gewitter, das sich angekündigt hatte, nun direkt überm Dorf. Scharf fallen die Schatten herab von der Christusfigur. Er hätte eine Laterne mitnehmen sollen. Der Donner ist gewaltig. Dazu prasselt Regen, ein Fenster scheppert, er eilt hin, verschließt's, legt die Wange aufs kalte Glas, spürt den Hauch seines Atems. Vergänglicher Schimmer einer Hoffnung, zieht sich wieder zurück, viel zu rasch.

Jetzt ärgert er sich. Nein. Kein Ärger. Ein Rasen. Er hätte diese Burschen da draußen vor dem Stiftstor eigenhändig in die Bibliothek schleifen sollen, ja, müssen, eines der Bücher herausnehmen lassen und rezitieren, *bis Sonnenaufgang! Buch für Buch!*

Tausendfach sind in den letzten Wochen die Nazi-Flugblätter gefallen, millionenfach die Wörter verbreitet worden, über Radiowellen, durch Druckerpressen, täglich hat allein in diesem Landstrich, der bei Gott nicht die

Welt, ein Sonderzug gehalten, mit Musik vom Tonband und Reden fahrender Agitatoren. Das Schienennetz trug diese *Verkünder des Falschen* in jedes noch so abgelegene Tal, jeden Bergkamm hinauf, es haben bald die Spatzen fröhlich dazu gepfiffen. *Ein Mordstamtam!*

Er sucht die Bibliothek ab, in dieser aufgebrachten Stund, *welches Buch? Welche Gegenschrift?* An den Fenstern ein grässliches Marschieren, die Tropfen prallen, Wind peitscht sie, es ist zu befürchten, dass irgendwann die Scheibe bricht. Er läuft die Regale ab, hastet Argumenten hinterher, will wenigstens eines sich greifen, herausfassen, aus dem Konvolut an abgelegten Schriften. Ein Satz, der sein Tun rechtfertigen sollt, der es zu einem angemessenen machen könnt. Doch je länger er sucht, umso mehr erscheint ihm alles maßlos. So japst er nur hilflose Glaubensbeteuerungen: *Liebt einander. Verzeiht einander.* Dann endlich knallt er die Bibliothekstür zu, stürzt sich in sein eigenes, inneres Archiv. Denkt sich durch Abhandlungen, setzt sich zwischen Briefzeilen, öffnet Versiegeltes, stößt, mehrmals, unwiderruflich, aufdringlich, auf den einen Begriff. *Das Autoritäre.*

Sie haben es in der Kirche nicht bekämpft. Es vielleicht hervorgebracht. Im Autoritären hat sich ein gesamtes Gefüge von Hörigkeit herausgebildet. Was hätt's da groß genützt, wenn er die Predigt manchmal gern auf die Augenhöhe des Volkes verlegen wollt? Wenn er mehr *die Worte der Menschen* gesucht hätt? Wenn er endlich einen Raum auch finden würd, der all dies erklingen lassen könnt. Der das Gesagte nicht von vornherein erschlägt. So gern hätte er die Einfachheit der Baracken Brasiliens. Die unerwartet betörenden Gotteshäuser, die er in Südfrankreich erlebt hat. Die Helle. Das Licht. Klarheit der Form.

Jetzt steht er vor der Madonna. Er bittet um Vergebung. Natürlich ist er *hin*, am Ende des Tages, *zur Wahl.* Die

Angst ist größer gewesen als die Wucht des Widerstands. Der Rote Abt, gebeugt, gedemütigt, und das ist Kern seines Zorns, vor sich selbst. Ist aus dem Kloster getreten, mit der Mahnung in der Hand, ist runter ins Gemeindeamt, kurz vor Wahlschluss, rein in einem plötzlichen Stolz: *Gebt's mir den Wisch. – Alois. Dass du dich runterlässt,* faucht der Kern, der Bürgermeister, der selbst gerade anwesend war, *ist mir eine Ehr! Gemma! Gebt's dem Herrn Abt den Wahlzettel. Ich geh doch von deiner Vernunft aus?* Dann hat er nur gesagt, *ihr kriegt's kein Kreuz von mir. Ihr kriegt's nichts.* Wollt ihn vor aller Augen zerreißen, den Wahlzettel. Da legt der Kern seine Pistole hin. Auf den Tisch. *Du wirst gemeldet werden. – Was habt's dann vor? Wollt's mich verhaften?* Der Kern entsichert die Waffe. *Wollt's mich erschießen?* Schiebt seine Hand drauf, dreht langsam den Lauf nach vor, direkt auf Nabelhöhe. *Geh, Abt. Tu nicht um.*

Er hat's nicht kommen gesehen, wie sie sich jetzt erneut um seinen Hals schmiegt. Als ein Schattenwurf, ausgelöst von einem Wagen, der draußen auf der Dorfstraße vorüberdonnert, der Lichtkegel, grell, bricht sich an einer Baumreihe, silhouettenhaft vor seinem Fenster, und wie ein schwarzes Tuch legt sie sich über den Nacken des Abtes: die Angst. Klettert die Wände rauf, verrankt sich an Balustraden, den Säulen an der Kirchenfront, wuchert durch Klostergänge, den Konvent, das Kirchenschiff, irgendwann küsst sie, in Verästelung, das Allerheiligste im Tabernakel. Legt sich lang schon stumm, ohne ein Wort mehr dafür zu benötigen, als seltsam zärtliches Geflecht übers gesamte Land. *Als würden wir sie ersehnt haben.*

Es schaudert den Abt. Bald wird er ins Exil fliehen. So sehr ist der ängstliche Mensch also am End nur mit seiner eigenen Haut befasst.

23

Zittert der Frau Bürgermeister das Teeservice, vom Donner aufgeschreckt oder doch durch die nervöse Art, die sie immer hat, wenn sie merkt, es stimmt was nicht? Heut Abend ist's besonders arg. Dabei muss sie die Gastgeberin spielen, in ihrer unantastbaren Rolle. Innerlich würd sie gern weinen, außen die Nettigkeit, die nötig, *hat's gemundet? – Ja, mei, der Karpfen war prächtig. Und erst die Muscheln. Wo kommt das alles her? – Ja, wissen Sie. – Geh, nennen S' mich Elsa.* Sie grinst, die Frau Bürgermeister, lacht leis, dabei mag sie das übertriebene Getue der neuen Volksschullehrerin so überhaupt nicht, aber sie tut ihr zugleich auch leid (*wenn man neu im Dorf,* sagt sie sich, *ist's nicht leicht, Anschluss zu finden*). *Nun, Elsa. Das haben wir alles meinem Mann zu verdanken. – Auf den Hermann,* und als würd er sein Stichwort kennen, gibt ihr Mann einen weiteren Trinkspruch von sich, er ist in Hochform heut, ihr Hermann. *Nicht dass dem noch das Lachen über die Backen rausschießt,* hat sie sich gedacht, bald platzt er vor Stolz. *Prost. – Zum Wohl. – Cheers.* Es stoßen die Gäste an, der Bezirksinspektor mit seiner Frau, der Annemarie vom Hochkogel, die eine Großcousine vom Hermann ist, nun haben wir also einen Inspektor in der Familie. *Das schadet ja nicht, gell Mali.* Sagt er jetzt wieder vermehrt, der Hermann, zu seiner Amalia. Nennt sie Mali. Und so süß, wie er ihr heut tut, *ja, Mali, hast vollkommen recht, Mali,* dann will er wieder was, spätnachts, wenn die Gesellschaft gegangen ist und er schon die zweite Zigarre gepafft hat und den Wein geleert, dann wird er rüberkriechen, auf ihre Seit im Ehebett, sie hofft, er macht es nicht zu grob, *ja, Hermann, so ist's fein,* eine schöne Runde haben sie hier beisammen. Neben der neuen Lehrerin steht der Cousin vom Hermann, oder Großcousin, Onkel? Sie kommt selbst schon manchmal durcheinand mit der Verwandtschaft. *Was macht das neue Amt, Kurtl?* Der Hermann schlägt dem Cousin, Großcousin, Onkel fest auf die Schulter, den haut's fast um, fragt verdutzt, *Amt? – Na, bitte. Wenn das nicht ein Amt. Hört mal alle her. Mein Patenonkel wird ab nun das örtliche Theater leiten. Dem Führer ist die Kultur eine Herzensangelegenheit, wie man hört.* Patenonkel also, die Frau Bürgermeister versucht sich's innerlich zu notieren (*blamier mich nicht,* hört sie die Stimm ihres Mannes immer wieder sagen). Und Applaus in der Runde für den neuen Leiter des Dilettantenvereins, wann waren sie das letzte Mal im Theater? Schön wär's mal wieder zu zweit, ohne groß umringt zu sein oder ohne dass der Hermann es mit dem Geschäftlichen verbindet. Der Bauunternehmer Nagl füllt derweil zum wiederholten Mal seinen Teller am kalten Buffet, als ob's keiner sehen würd, wie er zulangt, seine Frau hat schon einen Schwips und lehnt an der Lampe neben dem Radiogerät, flirtet viel zu auffällig mit dem eingeheirateten Bezirksinspektor. *Was wird denn gegeben werden, an Ihrem Theater? – Nennen S' mich Kurt. – Schön. Kurt. Bin die Elsa.* Wieder die exaltierte Stimme der Volksschullehrerin, sie lächelt äußerlich, die Frau Bürgermeister, denkt innerlich, wo sind die Kinder? Es wird doch nichts passiert? *Nun, ich hoffe, es wird was anständig Lustiges gegeben,* schnalzt der Feichtner in seiner Galauniform dazwischen, *das Volk braucht endlich wieder Unterhaltung,* stampft dazu auch unnötig auf den Holzboden (*bitte keinen*

Kratzer, muss das sein!). Und sie fürchtet, jetzt wird's wieder so ungemütlich anstrengend, immer wenn der Feichtner was sagt, wird's ungemütlich anstrengend, weil der ist ja jetzt der neue Kreisleiter und glaubt, es nun auch nach außen tragen zu müssen (Galauniform!). *Keine Sorg, Fritz.* Sagt ihr Mann. Und der Hermann macht's auf seine übliche Art, schenkt dem Kreisleiter nochmals nach, neigt sich zur Loretta, der Kreisleitergattin, *gell, der Fritz ist ja immer ein recht Besorgter, drum ist er auch, wo er ist,* da fällt der letzte Tropfen aus der Weißweinflasche, *aber er braucht sich da keine Sorg zu machen, es wird sicher enorm gelacht werden, in Zukunft. Wie ich meinen Patenonkel kenne, was Kurtl?* Der Hermann stößt seinen Patenonkel erneut etwas vehement in die Seite, *beherrsch dich, Hermann,* denkt die Frau Bürgermeister, jetzt beginnt bei ihm die kritische Phase, wie es die Frau Bürgermeister für sich verbucht hat, da ist er noch nicht im Weinseligen, aber schon so sehr fortgeschritten im Trinken, dass kaum mehr Ernsthaftes mit ihm zu bereden ist, da wird er auch gern fahrig. Sie geht zu ihrem Mann, um dem Theaterpatenonkel zu Hilf zu kommen, das übernimmt aber schon die exaltierte Frau Lehrerin, *ich würd mich ja ungemein über eine Johanna freuen, die habe ich selbst einmal, als Schülerin. – Du spielst Theater?* Und schon zieht sich die Konversation wieder ins Private zurück, Gott sei Dank, die Frau Bürgermeister mag es nicht, wenn im Haus zu sehr übers Politische. *Geh, Hanni, hol noch was vom Wein,* sagt sie gekonnt im Nebenbei, *aber bittschön jetzt die günstigeren Flaschen,* schießt sie im Flüsterton nach, sie weiß, was sich gehört, und weiß, wie man spart, die Frau Bürgermeister, eine patente Gattin und Geschäftsteilhaberin. *Aber sollt nicht heut grad der bessere Wein,* flüstert die Hanni zurück, die am Tablett die leeren Gläser der Runde balanciert, geübt und treu, aber sie hat's faustdick, weiß die Frau Bürgermeister. *Weil's doch ein besonderer Tag heut ist, Frau Bürgermeister, ich mein. Ist doch der Führer.* Untersteh sie sich, denkt die Frau Bürgermeister. *Hanni.* Sagt's jetzt scharf. Aber weiter braucht sie gar nicht reden. Sie kuscht, die Hanni. Tut, was ihr befohlen. Und die Frau Bürgermeister schüttelt nur den Kopf. Mir zum Anschaffen, welcher Wein heut auf den Tisch kommt. *Auch wenn der Führer nun unser Führer. Erstens war er's ja schon,* schon seit einem Monat, ich mein, da soll man sich jetzt nicht so nachträglich aufpudeln, *alles sowieso ein Riesentheater* (hat sie das jetzt laut gesagt?), und *zweitens: Das Geschäft bleibt das Geschäft.* Eine Kern haut das Geld nicht beim Fenster raus. Punkt. So zieht die Hanni ab in den Keller, das kecke Ding, ja, faustdick. Der rutscht immer häufiger jetzt was raus, was ihr schlecht steht, für eine Hilfskraft macht die Hanni sich zu viel Gedanken, schnüffelt auch immer mehr rum, auch am Gemeindeamt oben, wo der Hermann sie ebenfalls putzen lässt, vielleicht muss ich mit ihr generell mal ein Wort. *Frau Bürgermeister, es ist herrlich, wie Sie die Blumen arrangiert haben. – Das hat die kleine Markét heut erledigt,* sagt die Frau Bürgermeister zur Frau Bauunternehmer, dabei findet sie, die ungeschickte Markét hat ordentlich geschlampt, und sie hat mehrmals selbst Hand anlegen müssen bei der Dekoration, dummes Ding, die Markét, und schmutzig ist sie wieder erschienen, *wir geben ja nun schon dem dritten Mädl aus dem Armenhaus hier eine Beschäftigung, ist ja eine schlimme Sach, so eine Armut,* erklärt sie die Umständ der etwas verpfuscht aufgestellten Blumen, aber die beschwipste Frau Bauunternehmer hat's gar nicht erst registriert, dreht sich erneut zum Herrn Bezirksinspektor, der fordert sie jetzt zum Tanz, ob das die neue Gattin freuen wird? Die Annemarie vom Hochkogel, sie steht etwas eingeschüchtert grad im Eck, ist es nicht gewohnt, in solchen Runden, weil sie ja vom einfachen Hof kommt, dem Hermann seine Großcousine, oder doch auch Nichte, egal, sonderbar jedenfalls, dass der Bezirksinspektor sich für so eine einfache Person interessiert hat. Sie findet, man sollt eher unter seinesgleichen bleiben, *man erspart sich viel an Konflikt im Sozialen.* Sie selbst hat es auch so gehalten.

Die Frau Bürgermeister ist von einer Kaufmannsfamilie. Die Kunaseks sind in der Nachbarortschaft gut aufgestellt, ausgewählte Ware, treue Kundschaft, ein Name, der auch über die Region hinausreicht. Es ist auf der Hand gelegen, dass sie mal den Kern Hermann heiratet (natürlich hätt sie auch andere Angebote gehabt, bei Gott, da war enorm was an jungen Burschen, die sich angestellt hätten, bei der Kaufmannstochter), aber so ist's gut geworden, und die Kerns und die Kunaseks, das ist ja eine Ergänzung, auch ein *Anschluss*, sozusagen, und die Frau Bürgermeister muss bei diesem Gedanken innerlich lachen, *was zusammengehört, sollt sich verbinden.* So hat's ihr Bruder gesagt, der sich ebenfalls fest engagiert hat, fürs Geschäft und für die Familie, drum hat ihn der Kern jetzt auch zum Kapellmeister im Dorf gemacht, *eine führende Funktion, Paul.* Wo ist er denn überhaupt, der Paul? Sollt doch auch schon lang da sein. Die Frau Bürgermeister dreht sich, richtet im Nebenbei das Blumenarrangement gerade, dumme Markét, und wie das kleine Ding immer verstohlen schaut, aus der Küch raus, geht sie doch gar nichts an, was im Salon vor sich geht, *Paul, da bist du ja. – Schwesterchen. Ich sehe, ihr habt schon gegessen. – Wir können ja nicht ewig warten, Herr Kapellmeister.* Und sie gibt dem Bruder Küsschen, ein stattlicher Anzug, steht ihm, er hat sich gemausert, wie überhaupt die ganze Familie, findet sie. Es kann nur noch besser werden jetzt, und sie richtet sich unaufdringlich vorm kleinen

Spiegel im Empfang kurz das Haar, *es ist doch ein rundum gelungener Tag, was?* Wenn nur die Kinder endlich. Der Bruder legt den Mantel ab, so kalt geworden draußen? Sie wollten doch nur kurz zur Singrunde, hat die Cilli gemeint, jetzt ist es schon nach neun. *Hast du die Cilli gesehen, Paul?* fragt sie den Bruder. *Sie sollt mit dem Bertl und dem Hans schon lang zurück sein, von der Weihe am Gemeindeplatz. – Hier riecht's aber schon noch gut,* sagt der Bruder nur. Seine Schuh sind feucht, beginnt's zu regnen? Hat sie gar nicht mitbekommen. Der Paul schnappt sich eine Wurst, die noch am Tablett liegt, und mit vollem Mund berichtet er, *das ganze Dorf in einem Taumel.* Küsst die Schwester nochmals überschwänglich, *keine Sorg, die kommen schon. Vermutlich wird noch ein Freudenfeuer entzündet. – Aber wenn das Wetter. – Geh, Blödsinn. Zieht nur ein kurzes Gewitter drüber. Lass der Jugend ihren Spaß.*

Na bravo. Kurzes Gewitter. Jetzt hört sie den Donner. Als ob heut nicht schon genug. Dass die Kinder ja nur aufpassen. Um halb zehn wird doch außerdem die Rede aus Wien im Radio erwartet, der Herr Bundeskanzler wird sprechen, *alle werden's verkündet bekommen und auf den Papa müsst's dann anstoßen, Kinder,* so hat sie's ihnen eingebläut, aber war ja klar, dass sie wieder was Eigenes im Schilde führen. Und es steckt ihr jetzt was im Hals, schwer schluckt sie runter, sie hat immer schon gespürt, wenn etwas droht, was enorm Unangenehmes. Nervös streift sie durch den vollen Raum, wo ist denn jetzt eigentlich die kleine Poldi? Es ist Zeit für ihren Auftritt, die Nichte ist ja ihr besonderes Prunkstück heut, *gell, Poldi, darfst heut nicht falsch spielen,* und als Tante hat sie die Kleine nun besonders rangenommen, aus der wird noch mal was. Und vielleicht tut sie's grad deswegen bei der Poldi, weil sie ihre eigene Tochter immer weniger versteht, die Cilli, von der sie schon länger eine anständigere Art erwarten würd, zum Beispiel, dass sie mal auf einem Ball jemanden kennenlernt, der zu ihr passen könnt, aber die Cilli rennt wie ein Bursch herum. Sie ist wild und schreit und keift zurück, wenn man sie zurechtweisen will. *Das Dirndl hat halt einen Willen,* sagt der Hermann dann, als wär's ihm recht. *Die steht mal an vorderster Front. – Willst sie mal in den Krieg schicken?*

Das Ehepaar hat aufgehört, an solchen Stellen weiterzureden. *Über den Krieg will ich nix mehr hören,* hat die Mali geweint. Als Frau Bürgermeister weiß sie, dass sie öffentlich nicht widersprechen sollt. Aber im eigenen Bett, da will sie einen Frieden. *Hör mir auf mit deinen Feldzügen, Hermann.* Sie könnt ihn erwürgen, wenn er wieder anfängt, von der Rüstungsindustrie zu schwadronieren, von Verbindungen, die er nun hätt, auch über den neu eingeheirateten Bezirksinspektor, der ja direkt auch den Obermeister in Linz kennt und auch viele wichtige Industrielle im Land, und *das sagt ja auch dein Bruder, Mali, der Paul, die ganze Sache ist ein Riesengewinn.* Sie lässt die Männer reden und zimmert sich derweil im Herzen einen Kokon. Sie wird dumpf, die Stimm ihres Gatten, fast als würd er ihr unter Wasser was entgegenschreien, sie sieht nur die Blasen aufsteigen, *weißt Mali, was du sagen musst, Mali, wenn dich wer fragt, was du von der deutschen Politik jetzt hältst, Mali, dann sagst einfach. – Ich sag gar nichts, Hermann,* hat die Mali entgegnet, er doziert aber weiter, *dann sagst du, bestimmt und nüchtern, als Mutter bist du stolz, sagst du, dass deine Söhne, dass alle Söhne und alle Töchter dieses Landes mit solcher Größe und Begeisterung nun bei der Sache sind. – Diese Sache, Hermann,* hat sie gewagt zu rufen, *wo führt's denn hin?* Da hat der Hermann im Zorn ihr eine runtergehauen, so fest.

Ich liebe dich. Hat sie später nur gesagt. Und *du bist ein guter Mann.* Und sie ist in den Käfergraben gelaufen, um sich heimlich auszuheulen. Weil eine Kern heult niemals in der Öffentlichkeit.

Sie tanzen graziös, säuselt besoffen der Bezirksinspektor, die Frau Bauunternehmer schmiegt sich anzüglich um seine Schenkel, der Herr Bauunternehmer frisst ungeniert ein Hähnchen nach dem anderen, der Paul, ihr Kapellmeisterbruder, stopft sich ebenso voll, wenigstens kümmert er sich um die deplatzierte Annemarie vom Bauernhof (*musst dich durchbeißen, Madl,* denkt die Frau Bürgermeister, *niemandem wird hier was geschenkt*), und wo steckt sie jetzt wirklich, die Nichte, sie hat die ganze Woche nur das eine Lied geübt, *es ist eine große Ehr, Poldi, mach uns keine Schand,* das süße Ding von Poldi, mit ihren prachtblonden Zöpf, *wenn dich der Führer so sieht,* ist's ihr sogar rausgeruscht. *Aber der kommt doch nicht, oder Tante?* Und die Schüchterne hat die Noten fallen gelassen. *Geh, Madl, der ist ja in Berlin, aber im Herzen mein ich. Da ist er allerweil bei uns.* Solche Sätze sagt sie jetzt, und sie denkt bei sich, dass sie selbst dabei die größte Theaterspielerin überhaupt ist. In ihrer privaten Kulisse versammelt sich eine bis zum Gehtnichtmehr maskierte Gesellschaft, *Schampus?* fragt sie mitten rein. *Jawoll,* antwortet der Kreisleiter, *gnä Frau, darf ich Ihnen ein Kompliment,* und sie hat gelernt, man darf sie nie ausschlagen, die Komplimente von oben. Wer weiß, wenn der Hermann nun auch ins Feld und unter der Erd, dann wird so ein Kreisleiterkompliment noch mehr an Wert gewinnen, so was denkt sie auch, die patente Gattin und Geschäftsteilhaberin, der Blick auf die Uhr. Cilli. Bertl. Hans. Macht's keinen Blödsinn.

Da klopft jemand an der Terrassentür. Nur die Silhouette erkennbar, ist's der Bertl, der über den Zaun gehüpft und jetzt von außen in den Salon stolpert? Das gibt doch eine Dreckssspur. *Der Preuß ist's,* schallt dem Bauunternehmer Nagl sein lautes Organ. *Lasst's ihn rein. – Hat sicher beim Platzer das ganze Fass ausgesoffen,* setzt der Hermann einen nach, dass ihr Mann dann auch so vulgär reden muss, sie fasst die Hanni hart am Oberarm, *lass den Herren rein,* die Hanni schiebt die Tür auf, es fährt kalt der Wind ins Innere, leichte Tropfen trägt's rein (wirklich kühl geworden), die unverkennbare Stimm des Gastes von außen: *Juten Abend beisammen, ich will nich stören. – Aber Sie stören doch nicht,* der Hermann wieder in seiner Bürgermeisterrolle, *Sie sind jederzeit willkommen, sich uns anzuschließen,* prustet los. Alle lachen. Der Preuß am lautesten. Der Preuß, der seit Tagen sich von Wirtshaus zu Wirtshaus sauft und mit seinen Reichsmark prahlt *(auch die Ostmark will jetzt einen Aufschwung erleben, sondergleichen, glauben Sie mir, Frau Bürgermeister),* stolziert mit den Stiefeln und dem Dreck herein, sie findet das unmöglich, würd gern aufschreien, aber eifrig macht sie die geübte Aufwartung, geht hin (oder wird sie hingezogen?), dem Hermann seine Mali, *darf ich Ihnen meine Gattin vorstellen. – Ich entschuldige mein plötzliches Eindringen, aber, wie hat's uns schon der Führer vorgemacht: Man kommt am besten unerwartet und direkt über den Inn. – Wenn wir nur gewusst hätten,* sagt die Frau Bürgermeister, hebt entschuldigend die Augenbrauen, *natürlich, ich seh,* sagt der Preuß, *das Buffet ist schon vernichtet. – Eine Wurst wird schon noch da sein, was?* posaunt der Hermann. Wie sie es hasst. Alles ist organisiert und geplant, da fuchtelt der Ehemann rum und will nun selbst in die Küche, *geh, Hermann, wozu haben wir Personal. Die Markét soll aufschneiden, es gibt noch was vom Schweinsbraten, zwar kalt, Sie verzeihen, aber noch reichlich mit Fett.* Die Frau Bürgermeister versucht die Situation zu ordnen, stößt ihren Gatten wieder aus der Küche zurück zu den Gästen. *Prima, gnä Frau. Eine kalte Sau nehm ich gern. – Und was vom Wein, Markét.* Sagt die Frau Bürgermeister. Das überforderte Ding vom Armenhaus stolpert, der Preuß hält sie, *nur keine Eil, Fräulein.* Er lallt bereits, die Markét zuckt zurück, in einer abrupten Furcht. *Geh, Süße. Ich fress dich schon nicht.* Der Preuß lacht wieder. Die Umstehenden tun's ihm gleich. *Ist wohl eine natürliche Reaktion, was? Unter Ihresgleichen, Fräulein.* Der Preuß lacht lauter. Der Frau Bürgermeister ist's vergangen. Sie hilft der Markét kurz hoch, nickt ihr zu, *alles gut.* Die geht nun in die Speis, den Rest vom Braten holen. Die Hanni schenkt derweil Wein nach. *Ich darf gratulieren, meine Herren,* fährt der Preuß launisch fort. *Im ganzen Gaugebiet, wie ich hör. Ein überragender Sieg.* Jetzt gesellt sich auch der Kreisleiter eifrig dazu. *Nun, in der Bezirkshauptstadt, darf ich sagen, auch wenn die offiziellen Ergebnisse erst verlautbart, aber unter der Hand, also. – Red nicht rum, Josef. – Hundert Prozent, sag ich nur. – Respekt. – Chapeau,* kommentiert's jetzt sogar die Frau Volksschullehrerin. – *Nun. In Ihrem Dorf, Herr Bürgermeister Kern, soll's dagegen durchaus den einen oder anderen Ausreißer gegeben haben, was?* Lacht erneut. Der Hermann wird unruhig, der Paul geht hin und meint trocken: *Was ist denn eine einzelne Gegenstimm, ich mein. Ist doch nichts, oder? – Sehr richtig,* kriegt sich der Preuß jetzt endlich ein. *Solang der Marsch geblasen wird. Herr Kapellmeister.* Alles nickt. *Nun denn. Drauf geschissen. Meine Herren. Prost.*

Die Frau Bürgermeister hofft, das Gespräch verlagert sich wieder. Wo ist denn jetzt wirklich die kleine Poldi? Da hört sie, wie die Hanni der Markét was ins Ohr sagt, sie tuscheln, kichern, jetzt spielt auch das Personal verrückt. *He.* Sie schießt hin zu den beiden. Da hat sie's gehört. Das

Wort. *Ihresgleichen*. Was meint die freche Göre. *Meinesgleichen sagt zu Deinesgleichen, kannst dich schleichen*, kichert sie erneut. *Schluss jetzt! Es gibt nix mehr zu reden, hintenrum! Oder willst mir was direkt sagen?* Die Hanni stockt. Jetzt setzt sie an. *Ich find.* – *Was?* Jetzt fallen der Frau Bürgermeister wieder der Hanni ihre Narben auf, seitlich, am Ohr entlang, sie hat nie gefragt, woher das eigentlich kommt. *Nichts*. Sagt die Hanni nur. Schaut nach unten, wischt den Fettfleck.

Die Musik wird lauter, ein ungarischer Marsch, oder ist's ein böhmischer? Auch der Paul tanzt jetzt los, und provokant fragt er in die Luft, mit übervollem Schnapsglas, wer denn jetzt eigentlich der bessere Deutsche sei. Jetzt fängt der auch noch an. *Ich hör ja, die Nazis in Wien haben ihre Sach am gründlichsten gemacht.* Er verschüttet das Gesöff am Teppich. *Sie reden von der Wahlpropaganda?* Der Preuß dreht sich her. – *Immens, immens*, kommentiert's der Nagl. *Das hättest sehen sollen, Hermann. Es hat ein Volksfest in Schönbrunn gegeben und eine Ausspeisung am Heldenplatz.* Der Nagl gerät ins Schwärmen. Und die Frau Lehrerin hört gut hin, sie findet ja, *das muss man schon sagen, es ist auch ein Sieg des Demokratischen heut, was da alles auf den Beinen war.* – *Ich red nicht von der Demokratie*, er lacht etwas abschätzig, der Paul. Die Mali ist kurz angewidert vom Bruder, dass der so rumsudert jetzt. Er rede *vom Judenverdreschen*, sagt er nun. Der Preuß geht auf ihn zu. *Und das finden Sie lustig?* Stille im Raum. Man hört den Preuß am Stück Schweinsbraten kauen. *Das kann auch verderblich sein, nich? Herr Kern. Sie sind ja Geschäftsmann. Alles zu seiner Zeit, sagt man's nicht so? Die Partei hat es jedenfalls nicht goutiert, wie sehr man da die Juden in Wien, sagen wir, an den Haaren gezogen. Das scheint ein hitzköpfiges Deutschtum zu sein. Das wahre Deutsche lässt Arbeit korrekt und sauber verrichten. Merken Sie sich's, meine Herren. – Auf den Herrn Sturmbannführer.* Sagt jetzt der Hermann und hebt das Glas. Er weiß, der Herr Bürgermeister, wann er was zu sagen hat. Ruhig ist's geworden. Zu ruhig. *Geh hin, Kinderl,* und die Frau Bürgermeister schubst die Markét nochmals, *schenk dem Herrn Sturmbannführer nach.* Sie tut's. Mit zittriger Hand. Vielleicht sollt man sie doch wieder zurückschicken ins Armenhaus. Wie das ausschaut, in der Zukunft. Der Sturmbannführer strahlt.

Jetzt ist's aber höchste Eisenbahn, lacht die Frau Bürgermeister dazwischen, *für eine Auflockerung, was?* Sie lächelt, sie habe ja eine Überraschung vorbereitet. *Poldi?* Da steht sie ja, ihr Cello ragt über den Zopferlkopf raus. *Meine Nichte hat sich die Seel herausgeübt, für einen kleinen Vortrag, ich darf bitten.* Sie macht eine ausladende Geste, damit die Gesellschaft sich auf den Stühlen einfindet. *Was werden wir hören, Leopoldine?* Die Kleine steht leicht beschämt nun vorm Kamin im Salon, dort ist alles vorbereitet für ihr Spiel, sie schaut mit ihren Unschuldsaugen in die Schar an Prominenz, die Frau Bürgermeister hätt gern gehabt, dass die Cilli an so einem Instrument, ganz klassisch. Die Tochter ist aber eine Unbegabte, in dieser Hinsicht. *Von Schubert spiel ich was,* sagt die Poldi. *Aus der Winterreise. – Na na na, es ist doch herrlicher Frühling, kleines Fräulein.* Man gibt sich amüsiert, verflucht aber bereits die Anwesenheit des Sturmbannführers. *Warum hast du denn genau das ausgewählt?* Die Poldi läuft rot an. Sag was, Ding, denkt die Frau Bürgermeister. Bald platzt der Poldi-Zopferlkopf. *Weil's schön ist,* sagt sie dann. So ehrlich, wie sie ist. Ein Lächeln in der Runde. Und da steht die neue Frau Lehrerin auf, kommt ihrer Schülerin zu Hilf. *Der Schubert gehört einfach zu uns, zu jeder Jahreszeit.* Ein beipflichtendes Raunen in der Runde. Hätt man ihr nicht zugetraut, der guten Elsa. *Nun denn,* lächelt die Frau Bürgermeister und bittet die Poldi zu beginnen. Das Rot weicht aus dem Kinderkopf. *Und nachher hören wir endlich die Red von unserem Herrn Bundeskanzler im Radio.*

Ein gelungener Abend, Mali, flüstert der Hermann seiner Frau jetzt in ihr Ohr. Und seine Hand geht an ihre Hüft, so zart tut er ihr, oder hat er Angst? Ahnt das Ehepaar, was kommt? Es brennt jedenfalls noch immer der Schlag von neulich unter ihrer Haut, er wird sich nie entschuldigen.

Die kleine Poldi spielt, es kratzt leicht der Bogen, aufgeregt, das Kind, jetzt rutscht sie ab, an den Saiten. *So viel geübt, enttäusch mich nicht!* Die Frau Bürgermeister beißt jetzt die Zähne so fest zusammen, dass es schon knirscht. Die Poldi fängt nochmals an, der Bezirksinspektor lächelt milde, der Kreisleiter flüstert mit dem Hermann, die Frauen trinken Cognac, *entzückend,* sagt die exaltierte Elsa, jetzt rückt sie dem guten Kurtl schon fast zu nahe, der Schubert nun im Fluss, ein schöner Fluss, ein prächtiger, bald reißt er sie alle mit, *in ihrem Taumel,* draußen zucken Blitze. Der Garten hell plötzlich erleuchtet. Mit der Musik der Poldi fast unwirklich. Die Reste vom Buffet liegen ruhig, der Wein wippt in den Gläsern der bedächtig Lauschenden, da neigen sich die Bäum, so sieht's die Frau Bürgermeister, vorm Haus, schon fast extrem, der Wind fährt rein, sehen's die anderen auch? Sie wirken bezaubert von der Poldi ihrem Cello, oder sind sie alle schon betrunken? Die Frau Bürgermeister dagegen ist schlagartig aufgebracht, an ihrem Platz, stehend hinter den Leuten, damit sie alles kontrollieren kann, nochmals zuckt's, die Poldi spielt unbeirrt, *so gut hat sie noch nie gespielt.* Bedrohlich bauen sich Wolken auf, der Wind haut die Blätter in alle Richtungen, es donnert, laut, sie muss den Kopf fast unwillkürlich nach unten drücken, eine Schutzreaktion, obwohl sie im Sicheren steht. Eine Gabel, die knapp an der Kante liegt, vibriert, immer heftiger, die Frau Bürgermeister sieht ihr zu, mehr und mehr, das ganze Bild verlangsamt, was hat sie ausgelöst, die Vibration? Und grad als die Poldi an der heftigsten Stelle (vehement springt der Bogen, das Kind in ungeahnter Virtuosität), da fällt die Gabel, ohne Klirren, als wär's eine Feder, so legt sie sich aufs Parkett des Bürgermeisterhauses. Sie zischt, die Frau Bürgermeister, sieht das denn keiner? Die Hanni, die Markét, beide Dienstmädchen auf das Spiel der Poldi fixiert, wenn da doch die Gabel! Die Frau Bürgermeister braust hinüber, wo in einer Reih, Tisch an Tisch, das Buffet aufgebaut ist, jetzt muss sie sich schon selber bücken! Die dreckige Markét wird nimmer lang da sein, *soll zurück, wo sie her,* und die Hanni, die soll sich ihre Sprüche sparen, sonst gibt's ein schlechtes Zeugnis. Da sticht die Gabel unerwartet scharf in ihren Finger, hat sie nicht aufgepasst? Es dringt langsam, fast schwärzlich, dunkles Blut heraus, sie schluckt den Schmerz hinunter. Steckt den Finger in den Mund, leckt alles ab, hofft, dass sie aufhört, die Wunde. Was ist denn los? Wieder ein Donner, Blitze in unerhört dichter Folge, das Spiel der Poldi am Höhepunkt. Die Natur aus den Ankern, es ist ihr, als sähe sie Winterstürme, hagelt es? Der Schubert erschlägt. Die Poldi in eine schlimme Ernsthaftigkeit gefallen, aus dem Unschuldsmädchen die Jugend gewichen, Freude, Leichtigkeit, es bricht der Boden, drunter nichts als Abgrund. Tränen fallen. Dann tuscht's und alle stehen im Finstern.

24

Jagt der Gendarmerie-Revierinspektor Schindler seine Puch in den Waldweg rein, Regen im Kegel des Scheinwerfers. Er lenkt die Maschin über Steinbrocken, bergab in den Kessel runter. Von dort hat er Schüsse gehört, dann Flammen gesehen, was ist da verdammt noch mal los? Er rutscht ab, nass die Erde, da läuft ihm wer entgegen. Der Inspektor schleift zusammen, fasst den Daherkommenden am Arm, *du da, was ist?* Der Bursch zieht tief den Hut rein, sagt nur *Feuer.* Reißt sich los, läuft rasch geduckt weiter, verschwindet im nächsten Gebüsch. *He,* ruft der Revierinspektor nur nach, da ist er schon außer Reichweite. Schnell startet er nochmals den Motor, die Puch holpert den Pfad steil runter, es blitzt, die ganze Lichtung kurz erhellt, der Schindler springt von der Maschin, ist da wer? *He! Hallo!* Ein alter Holzstadl, ein unerwartetes Inferno.

Der Giebel umschlungen, das Feuer wie Arme, die sich drumrum winden. *Ist da wer,* ruft er nochmals. Er steht vorm Tor, das schon am Niederbrennen, drinnen das Lodern. Wie ein Tanz! Wieder donnert's, hat was eingeschlagen hier? Da sieht er Umrisse, eine Gestalt, *hallo?* Er hält sich den Arm vors Gesicht, heiß schlägt's ihm entgegen, die Ledermontur schützt ihn, der Helm, die Brille, zieht sich die Jacke über den Mund, damit er nicht zu sehr den Rauch einatmet. So haut er sich in den lichternen Stadl, kreist mit den Blicken, da war doch wer! *Hallo?* Der Kopf geht wild hin und her, er stapft voran, jeder Schritt bedacht, aber schonungslos zu sich selbst, *wenn's ums Menschenleben geht,* da sieht er's. Jemand kniet, fällt, in die Flammen.

Der Schindler tritt weiter rein. Es knackt über ihm ein Stück vom Balken, die Hitze sticht an der Haut, ist's der Bleimfeldner? Der liegt jetzt keinen Meter mehr entfernt, aber sein Bein unter einem umgestürzten Pfosten, *Bleimfeldner, steh auf.* Der dreht sich her. Im Husten, verkrampft. Nicht der Karl ist's, merkt der Schindler jetzt, der alte Vater! In sich zusammengefallen, arg hergenommen, *he!* Der Schindler reicht ihm die Hand. Fasst ihn, hievt ihn hoch. Doch der alte Vater am Boden wehrt sich, will er nicht gerettet werden? Jetzt schießt dem Revierinspektor eine andere Kraft ein, alles auf Alarm eingestellt, *wir müssen raus!* Nimmer lang und sie sind beide begraben, *los jetzt.* Er schleppt den Schusterkörper, der zwar karg, aber eine erdrückende Schwere doch hat. *Weg da,* sträubt sich der Schuster. *Jetzt sei gescheit,* der Schindler trägt ihn weiter, aber der alte Vater reißt sich los. *Mein Bub,* so fällt's raus, das Wort, aus dem Entsetzten, der wieder zurück in die Flammen. *Der Karl,* ruft der Vater immer wieder, *er ist noch da.* Wendet sich, sucht wie ein Irrer. *Er muss da wo.* Redet's vor sich hin, hustet. Da ist aber keiner! Der Revierinspektor schreitet den Stadl ab, so weit er kommt, er hastet, die Luft brennt schon in der Lung, nirgends ist da wer. Keine Seel.

Herr Bleimfeldner, hört er's jetzt hinter sich, er fährt herum, kneift die Augen, da steht wer. Er kennt die Person. Sie tritt ins Feuer herein, *Herr Bleimfeldner,* wiederholt sie. Es ist die Frau Doktor vom Dorf unten. Sie schaut den Vater fest an, sagt bestimmt die Wort, *er ist nicht da.* Das Lodern nun laut, legt sich über alles. Im Aug des alten Vaters die Ernüchterung. Jetzt erst gibt der Tobende eine Ruh, sackt zusammen, *kommen Sie.* Der Schindler zieht ihn nochmals hoch, die Frau Doktor nimmt ihn an der anderen Schulter.

Sie sind auf halbem Weg durchs Tor, das fast schon weggeschmolzen ist, da kracht der Hauptbalken in sich zusammen, es folgt ein Teil vom Giebel, die Flammenhände ziehen sich quer durch den Stadl. Der Schindler packt nun auch die Frau Doktor, *schnell.* Die Köpf nach unten stürzen sie heraus, ins feuchte Gras, Regen fällt auf sie, *alles gut?* Der alte Vater japst, *seine Lung,* sagt die Frau Doktor geistesgegenwärtig. Sie knöpft ihm's Hemd auf, zerreißt's dabei: *Aufrichten, Herr Bleimfeldner! Atmen Sie ruhig!* Sie stützt ihn. Dem Schindler reicht sie eine Feldflasche. *Holen Sie Wasser. Unten vom Bach.*

Der Schindler läuft mit großen Schritten durch die schon sumpfige Wiese. Er rutscht den halben Hang runter, dort hört er's plätschern, der Bach klar und eisig, er füllt die Flasche auf, hört's Rauschen. Schlagartig fällt ihm die Hitz herunter. Ihm zittert die Hand, er nimmt einen festen Schluck, *dass der Tag noch so enden würd.* Der Revierinspektor geht in sich, sucht nach der Ordnung der Bilder in seinem Kopf, die Schüsse, die er gehört, die Fackeln, die er gesehen, der Bursch, der ihm entgegen, hat der damit zu tun? Ist er das gewesen? *Feuer,* hat er gerufen, der Hund, eine helle Stimm, eine junge. Auch in der Statur, eher zierlich. Fast noch kindlich, fast ... Der Revierinspektor erhebt sich, die Kühle des Waldes tut gut auf der aufgeschürften Haut, verschließt die Feldflasche.

Da raschelt's neben ihm. Blitzschnell greift er zur Pistole, *wer ist da?* Keine Reaktion. *Komm raus, Gendarmerie!* Er wartet, atmet flach, die Augen stechen ins Finstere, da tut sich was. *Ist da der Karl?* Da. Keine zehn Meter entfernt, Bach abwärts! Schnell zieht sich dort wer davon, geduckt, *he, halt!* Er will nach, da knallt's. Ein Schuss aus einer anderen Richtung, der Revierinspektor fährt zusammen, es sind mehrere. *Waffen weg!* Jetzt laufen's, eine Hand voll dunkler Gestalten, keuchend, panisch, die Schritte hört er, sie stolpern über Wurzeln, jetzt erst hat er seine Lampe griffbereit, er leuchtet rein, sieht nur ihre Rücken, *halt, stehen bleiben!* Schießt in die Luft. Da stoppt eine der Gestalten. Langsam. Dreht sich. Schaut rein, in sein Licht, mit umgehängtem Gewehr. *Leg deine Waffe nieder,* ruft der Schindler. Die Gestalt harrt aus, wer ist's? Wen hat er da vor sich? Jetzt halten auch die anderen, die schon weiter vorgelaufen waren. Jemand ruft, *jetzt komm schon, Schwester!* Aber die ruhig sich nun Hinstellende macht keine Anstalten. Weder sich zu ergeben noch zu fliehen. Als würd sie größer werden als alles ringsum. Sie hebt die Hand, den ganzen Arm pfeilgerade ausgestreckt. Und jetzt schreit sie, durch den gesamten Wald.

Der Revierinspektor ist reglos geworden. Unheimlich kommt's ihm vor. Und er zweifelt plötzlich, ob seine Waffe überhaupt noch geladen. Er will abdrücken, aber rutscht mehrmals ab. Nur einmal sagt er noch, *Waffen weg.* Gellend hört er bald nur mehr die Stimme dieser stolzen Gestalt. Unerträglich, als würd's jeder Stamm des Waldes bereits weitertragen, das Geschrei.

Oben hockt der alte Schuster auf der Lichtung, Wasser steht in der Wiese. Es feuchtelt rein, durch die Montur des Inspektors. *Da.* Er gibt ihm die Feldflasche. Im dicht gewordenen Niederschlag sinkt das Feuer schnell in sich zusammen, verkohltes Holz bleibt übrig, und Wind trägt den Rauch in die Gräben ringsum, wie Nebelschwaden sieht's aus. *Ein dummer Blitzschlag.* So wird's am Ende geheißen haben.

25

Haut's den Regen auf den Karl, er sitzt unter Blättern, schwer tropft's, übergießt ihn bald, es rinnt erst seitlich über die Haarspitzen, die Ohren, dann rein unters Hemd, er schmeckt das kalte Wasser auf den Lippen, spürt es zwischen den Fingern, wenn er sie zusammendrückt, quillt's heraus. Erde noch unter den Nägeln (die Nadeln der Bäum, von vorhin, wo er hingefallen), sie ritzen seine Haut. Unter ihm eine Wurzel, ein ganzes Geflecht, so kommt's ihm vor, es zieht nun über seinen Körper, beginnt bei den Knöcheln, legt sich ran, die Schenkel hinauf, ans Becken, fesselt ihn, mag er's, so nun zu verschwinden? Es fröstelt ihn, er ist seit Stunden unterwegs.

Lang ist er zuvor gelegen, der Karl, hat sich in sein Nest verzogen gehabt. Die Holzhütte tief drin im Wald, sie ist ihm immer Zuflucht gewesen. Die Abgeschiedenheit und der verwucherte Untergrund haben die Brüder veranlasst, den Wegschlurf ins Nichts als *ihr Kanada* zu bezeichnen. In Kanada hat er sich erst ausgeruht, ist sich mit der Hand übers Gesicht gefahren, wollt schauen, ob noch alles da. Ob *er* da ist. Hat sich abgetastet. Hat dann gegen die Bretter gehauen, die morschen Latten, wollt sich verwunden, als könnt er damit wieder ins Hier und Jetzt zurückfinden. Wollt sich ordnen, sortieren, hat sich eine Zigarette zu drehen begonnen, den Tabak in der Seitentasche, Feuerzeug in der Brusttasche, dann hat er das Messer entdeckt. Er muss es eingesteckt haben, von der Jause bei der Hochkoglerin.

Die scharfe Klinge für den harten Speck, hat er's gekrallt, im Streit mit dem Vater, den er zu Boden gepresst hat? Es hat ihn erschreckt, das Messer, so sehr, dass er's nicht mehr ausgehalten hat. Aus Sorg, sich jetzt im Holzstadl was anzutun, ist er einfach weiter, wieder raus, das alte Tor zugeknallt, der Holzstoß ist fast umgefallen, in den Wald. Ziellos gelaufen. Gehetzt, durch Geäst, da ist ihm ein Strauch mit Dornen in die Wang.

Er fühlt die Stell, wann war das? Wie spät? Er sucht nach seiner Uhr, findet das Feuerzeug. Laut prasselt's um ihn. Wasser überall, und schemenhaft merkt er, der Wald ist als Ganzes in Bewegung. Es wächst auch das Gestrüpp schon, das ihm im Rücken sitzt, eine Umarmung der Natur, er fasst knöchelhoch ins Wasser, jetzt ist das Wurzelwerk schon Schwemmgebiet. Die mit der Hand geschützte Flamm vom Feuerzeug tanzt, er schaut in flirrende Reflexionen. Wie spät wird's sein? Wann kehrt er zurück? Er denkt an die Familie. Die Mutter, die sich sicher sorgt, die Schwestern, irgendwer wird beten für ihn, der Vater, hat der überhaupt einen Kopf für den Sohn?

Was hast denn gemacht, Bub? hört er die Vaterstimm mahnend. Hart. Verständnislos. *War ja klar, Bub.* Und er dreht sich, der Vater, verschwindet aus seinem Kopf. Die Mutter schaut vom Nähwerk auf, *geh, sei lieb, Karl, setz dich her und vergessen wir die Sach. – Aber Mutter, das ist doch. Keine Sach.* Und die Schwestern singen ein Lied. *Habt ihr's noch immer noch kapiert?* ruft ihnen der Karl entgegen. *Ich hab das. Für euch. Für uns.* Da lacht sie nun, die liebe Familie in seinem Kopf. *Geh, Karl, hör auf.* Der kleine Bruder rempelt ihn. *Machst doch nie was für uns. Geht hier nur um dich. Immer.* Hat er's für sich gemacht? Aus einer reinen Selbstsucht raus? *Aber das stimmt doch nicht,* er schreit sie an. *Das stimmt doch alles nicht.* Sie lösen sich auf, die

Familienstimmen, er fällt, weil im Bleimfeldnerhaus der Boden aufbricht, wie weit?

Es schießt nun die Erinnerung hervor, dem Karl im Regen unterm Geäst, er geht zurück, in seinem Hirn, an die Stell, wo heut alles begonnen hat. Er sieht sich wieder im Gemeindeamt, tritt durch die niedere Tür, duckt sich, steht in der Reih, tritt dann heraus, aus dieser Reih, wendet sich nach hinten, wo der Wahlzettel liegt, die Blicke der Umstehenden. Diese bohrenden Blicke, die ihn hineinverfolgt haben, *du gehst in die Kabin? Machst dein Kreuz nicht vor allen?* Nein, macht er nicht. Der Karl hat was vor, da lässt er sie zurück, die neugierige Horde. Samt ihrer heuchlerischen Freundlichkeit, dieser als gesellig getarnten Brutalität. Tritt hinter den Vorhang. Doch auch wenn er's im Geheimen getan hat, in seinem Kopf sind alle noch um ihn versammelt. *Verschwindet's,* will er rufen, *geht's weg.* Er fuchtelt ins Nichts, die Händ in Abwehrstellung, die Kopfdämonen rücken dicht an ihn ran. Jetzt steht sein ganzes Dorf mit ihm in der Wahlzelle.

Was du tust, katholisch angepasster Lieblingsmensch, tu's aus tiefster Überzeugung. Wer hat die Sätze ihm gesagt. Hat er sie wo gelesen? Sind's aus der Kindheit aufgetaucht, der Jugend? Die Erziehung sitzt tief, die Gäng des Klosters tauchen in ihm auf, die mahnenden Wort der Patres, das Kruzifix, übermächtig an der Wand, hat's ihm nicht ein Mund zugeflüstert, im Beichtstuhl? *Du bist in einem Widerstreit mit dir und deiner Welt. Nur die Aufrichtigkeit hilft, in dieser Spannung zu bestehen.*

Das Dorf noch immer um ihn, es presst sich aufdringlich an ihn ran, will ihn erdrücken. Er ruft, ohne Ton. Da ist's ihm erst geschossen: Du stimmst nicht gegen irgendeine Politik da draußen oder da oben. Du stimmst einzig und allein gegen dein Daheim.

Vergiss sie. Jetzt drängt sich eine Hand dazwischen. In seine Wahlkabine, wo er umlauert ist, wo jede seiner Zuckungen beäugt, da steigt sie herein. Schafft Platz. Und schickt's raus, sein Dorf. Er kann wieder atmen. Erika, die Einzige, die ihn besänftigt. Ihre Hand, die alles andere abzustreifen vermag, *sei bei dir. – Bei mir.* Wiederholt er ihre Wort. Sie blickt ihn verschwörerisch an. Legt ihre Finger auf seine Lippen. *Wir warten auf dich.* Dann huscht sie raus, aus dem Karl seinen Gedanken. Lässt ihn allein. Mit seiner Entscheidung.

Jetzt öffnet er das Kuvert. Legt es vor sich hin. Sieht die Frage, die überall bereits beantwortet, sieht die Kreise, die unterschiedlich großen, da muss er fast lachen, starrt an sich hinunter, hat er sich angemacht? Er war sich nicht im Klaren, dass das hier seine Blase überfordern würde. Das Kreuz macht er beiläufig. Er hat es sich vorgenommen. Aber nicht zelebriert. Und als er sieht, wie sein Urin unterm Vorhang schon durchrinnt, da läuft er, das Kuvert gefaltet, steckt es rasch noch in die Urne, läuft weiter, hochrot der Kopf, kein Blick mehr zurück.

Er sieht sich anders. Diesmal ist der Stift schwer. Er zwingt ihn hinunter, er geht auf die Knie, er küsst den Wahlzettel. Er löst sich in den Tränen auf.

Er sieht sich wieder anders. Er zerreißt den Zettel, rennt über die Dorfstraße, zieht das Jausenmesser der Hochkoglerin, ersticht den Erstbesten, er erkennt nicht, wer es ist. Dann wieder anders. Diesmal steht er direkt vor der Kommission. Er sagt *Nein.* Sagt es laut. Schaut den Köpfen gegenüber in die Augen, da sind aber keine Augen. Er sagt's noch mal. *Nein. – Bist dir sicher, Karl?* Fragen ihn die Köpfe ohne Augen. Und über ihm kracht der Dachstuhl des Gemeindeamts.

Dann sieht er sich mit der Sense, er mäht das Feld unterhalb vom Kloster, das ganze große Feld. *Dein Werk musst verrichten, Karl,* und rings um ihn seine Klassenkameraden von früher, wie blasse Puppen, er köpft jeden Grashalm. Er will's genau machen, alles, aber kommt nicht vom Fleck. Er wird panisch, weil das Feld ihm entgegenwächst, will es stutzen. Einer ruft und haut mit der Faust auf ihn ein, *stutzen sollst es!* Der Klassenlehrer ist's. Die Kameraden brüllen, *stutzen, stutzen!* Der Karl hebt die schwere Sense, steht im Schweiß, es schlagen die Kirchglocken, vom Kruzifix am Wegrand lacht der Jesus ihn aus. *Du bist nichts, im großen Ganzen.*

Es zerfällt die Erinnerung.

26

Hockt der Seppl in der Weinstube im Kloster, Qualm der Zigaretten um ihn, eingezwängt vom stämmigen Bauch vom Tischler Gallinger, von der anderen Seit der Eckbank schiebt sich der Förster Lang herein. Vollkommen in seinem eigenen Schweiß aufgelöst ist der Förster, zerschlissene Ärmel, bis rauf über die Ellbogen, auch die Wang aufgeschlitzt (was hat der getrieben?), lacht aber trotz äußerlicher Zerstörtheit in einem sonderbaren Glück, so denkt's der Seppl. *Na, Seppl?* sagt der Lang, *was für ein Tag.* Und er knallt mit der Faust auf den alten Holztisch, ein paar Gläser ruckelt's, steckt sich noch eine Zigarette an, die er sich vom Gallinger schnorrt, legt seinen Schweißschädel unangenehm rüber, bläst den Rauch aus dem Maul, der steigt hoch. Den Lichtstrahl einer von Fett und Staub belegten Deckenlampe zerteilt's vor dem Seppl seinen Augen, und als wär's die Predigt des Tages, verlautbart der Förster, hörbar für die versammelten Mannsbilder und Weiberleut im Weinstubendunst: *Heut geht keiner vor Mitternacht z'Haus.* Jetzt erst merkt der Seppl, dass der Lang im Runterknallen der Faust eine Fleischfliege zerfetzt hat, die klebt nun in Einzelteilen vor ihm auf Bierdeckel und Tischkante, mit einem sorglosen Wisch verschwindet's, das kleine Massaker, unterm Tisch, fällt in den Dreck am groben Steinboden. *Weißt, Seppl?* Und dem Lang seine Hand, mit der er eben den Fliegenkadaver beseitigt hat, fährt rüber, *mit dir ist's halt immer eine Hetz.* Sagt's und schenkt ihm nach. Und der Seppl schnauft leis in sich rein, von der Gegenseit dem Gallinger seinen Bauch in verstärkter Vehemenz spürend. Der Seppl will weg.

Dreimal schon hat er angesetzt, dass er sich aufrichtet, um den Heimweg anzutreten, immer hat ihn wer zurückgezogen, *geh, sei nicht so,* und wieder ist ihm das Glas gefüllt worden, einmal vom Gemeindesekretär Krumm, der vis-à-vis von ihm vor einer Armada an Schnapsgläsern ins Delirium gefallen ist, dann vom Edelbauer, der dieses Schnapsglasregiment bestellt und bezahlt hat *(weil so jung kemma nimma zsamm!)*, und wieder hat man sich zuprosten müssen. Der Lang fuchtelt aufdringlich vor dem Seppl seiner Nase, dieser will sich erneut erheben, *lasst's mich raus,* aber grob reißt man ihn zurück, *heut wird gefeiert, Seppl. – Bin aber saumüd,* versucht er zu widersprechen, der Hauch vom Seppl seiner Stimm vermengt sich nun mit dem Rauchfettstaubgemisch, *er erstickt hier herinn, mein Widerspruch,* so fürchtet's der Seppl. Und die holzvertäfelte Decke senkt sich, so kommt's ihm vor, bedrohlich nach unten, alles drängt an den Seppl ran, da hockt sich zu allem Überdruss noch der Gotthard dazu, ins schmale Eck, wo er in seiner Zwickmühl steckt, und auch der Gotthard, der redseligste unter den Klosterpatres, fasst dem Seppl auf die Schulterpartie, mit demselben sonderbaren Glücksausdruck in der Priesterfratze wie der Lang, *echt schön, Seppl, was? Dass heut alles so fröhlich. – Ja, schön,* wiederholt's der Seppl in einem Automatismus. Auch wenn er's gar nicht sagen wollt. Auch wenn er's gar nicht fühlt, diese um sich greifende, taumelnde Glückseligkeit. Sie widert ihn an. Er würd jetzt gern losbrüllen.

Schon viel zu lang dauert ihm dieser Tag. Erst die Stunden, in denen Reih um Reih die Leut in die Gemeindestube reingedrängt sind, in einem Stolz, manche fiebrig vor nationalsozialistischem Eifer, andere mit Besorgnis und in seltsamer Still, und einige, aber sie waren in der Minderheit, mit geheimer Furcht. So geheim, dass sie keinem wirklich aufgefallen ist. Nur dem Seppl, der da ein Aug dafür hat. Alle haben's ihre Stimm abgegeben, die meisten ganz offen, direkt vor der Kommission. Haben ihr Kreuz im größeren Kreis eingetragen. Und der Seppl hat einem jeden und einer jeden die Wahlplakette angeheftet, damit weithin sichtbar gewesen ist, wer's schon erledigt hat, die Wahlpflichtigkeit, und wer noch nicht. Im Tragen der Plakette sind's dann alle vor ihm zu einer Meng verschwommen. Und die Sorge ist verschwunden. Auch die Furcht. Im Einheitsstolz. Nur der Seppl ist trauriger geworden.

Dann ist's losgegangen, mit der Auszählung. Da hat er Stimmzettel für Stimmzettel aus dem Kuvert holen müssen. *Konzentrier dich,* hat er sich immer wieder selbst ermahnt, *bist ja nicht dumm, Seppl.* Dass keine Stimm auf den falschen Stapel. Wobei er bald erkannt hat, dass der eine Stapel gewachsen und gewachsen ist, während der andere, für den der Seppl extra einen Platz freigeräumt hat, noch gar nicht vorhanden war. *Völlig inexistent, das andere. Und in der Übermacht nur das eine.* Vielleicht haben wir uns verschaut, hat der Seppl mehr und mehr gedacht, hat kontrolliert, ob bei dem einen oder dem nächsten Stimmzettel nicht vielleicht doch das Kreuz im kleineren Kreis gelandet ist. Es sind ja auch eine Handvoll Leut in der Wahlkabin verschwunden, so ist's ja nicht gewesen. *Man weiß ja nicht von allen alles.* Kein vollends offenes Buch, der Mensch, den er über die Jahr doch studiert hat, er kennt sie allesamt, die Leut hier im Ort. Geheimnisträgergesichter. Rätselhafter Möglichkeitsrest. *Sind sie alle denn wirklich dafür gewesen?* Aber jedes Mal hat er feststellen müssen, der Seppl, dass sich hier niemand verschaut hat, und es ist, so musst er sich unterm Strich eingestehen, nirgends auch nur ein Anlass für ein Verschauen vorhanden gewesen. Im Gegenteil: am End eine ernüchternde Klarheit. Auch wenn's in Verschiedenheit gekommen waren, die Leut, ins Gemeindeamt, vereinheitlicht sind's wieder hinausgefallen. Ins Dorf, das ab nun ein anderes.

Dem Seppl sind mit jeder ausgezählten Stimme mehr die Tränen geschossen. *Was hast denn,* hat die Hanni ihn gefragt, sie hat Kuchen gebracht. *Ist nur aus einer Freud raus,* hat er sie angelogen. *Aber isst doch gar nix. Schmeckt's dir nicht? – Doch. Ist gut, Hanni. Alles gut.* Er hat reingestarrt, in den Guglhupf, rumgestochert. *Musst zu einer Kraft kommen, Seppl,* hat die Hanni nicht nachgegeben. *Den ganzen Tag so im Amt.* Ja. So ein ganzer Tag. Und auch er hat sich reinverstrickt, mit jeder Lüg mehr. Dieser Tag hat nicht nur eine Sortierung der Wahlzettel ergeben. Es haben sich die Leut in ihrer Gesamtheit umsortiert. Und wenn er sich das Dorf nun ausdenkt, auf einer übergroßen Waage, oder auf der Spitze von einem Berg, auf der Kremsmauer droben, wie's versucht, das Dorf, nicht zu stürzen, *in Zeiten wie diesen,* wie's hin und her sich wacheln lässt, von politischen Stürmen, Jahrzehnt um Jahrzehnt, Gegenwart verwischt, Vergangenheit fegt drüber, wenn er sich all dessen jetzt gewahr wird, Seppl, bist ja nicht blöd. Dann ist mit diesem Tag in seinem kleinen Dorf eine Radikalität sichtbar geworden. Es kippt ihm das Bild. *Wieder ein Ja,* hat der Krumm gerufen. *Und wieder ein Ja.* Und der Edelbauer hat die Ja-Stimmen auf dem übergroßen Haufen versammelt. Und der Nagl hat gelacht, eine Flasche Schnaps spendiert, auch wenn's gegen die Bestimmung. Aber was ist die Bestimmung, an so einem radikal gekippten Tag: *Prost, auf den Adolf.*

Zettel für Zettel ist auf dem einen Stoß gelandet, der Seppl hat's bald zusammenbinden müssen, in Blöcken zu je fünfzig Stimmen. Und aus den getürmten Bündeln ist eine immense Pyramide geworden, bis alles runtergepurzelt ist, und gemeinsam haben sie diesen Immensheitsausdruck einer Dorfzustimmung dann abgezählt und in Säcke verpackt, *wieder ein Ja*. Und der Krumm ist gar nimmer mitgekommen, im Notieren der Stimmen in seiner Liste. So ist's dahingegangen, und es ist draußen schon finster geworden, da ist (der Seppl hat's befürchtet gehabt) in einem Eck noch ein letzter Rest an Stimmzetteln aufgetaucht, ungeöffnet (fast hätten sie's übersehen). Der Seppl hat in sich reingemurmelt, er würd kurz austreten wollen, da hat ihn der Nagl zurückgehalten, *geh scheiß jetzt nicht rum, wir sind ja gleich fertig*. Die volle Aufmerksamkeit ist plötzlich auf dem Seppl gelegen, der hätt nämlich *die paar Zerquetschten*, wie's der Krumm benannt hat, nun öffnen sollen.

Da hat der Seppl ins erste dieser noch verschlossenen Kuverts geschaut, den gefalteten Bogen rausgefischt, vor sich hingelegt, und er hat geschluckt: der Kreis mit dem Ja völlig leer. Hat die Augen geschlossen, panisch plötzlich sich halten müssen, er hätt's nicht gedacht, wie sehr es ihn hernehmen könnt, seine eigene Stimm nun in der Hand zu haben.

Da ist ihm der Zettel auf den Boden, er hätt noch nachgreifen wollen, musst sich vorbeugen, mit der einen Hand nach unten fassend, die andere um den Stuhl gekrallt, damit er's Gleichgewicht nicht verliert, da ist seine Stirn böse aufs Tischeck geknallt, er spürt's bis jetzt noch.

So sitzt er, der Seppl, in einer akuten Angst, blutunterlaufen die Stirn, und die Deckenlampe kreist über ihm, kalter Wind fährt herein, der Regen von draußen holt ihn zurück: Jemand hat die Tür geöffnet, eine neue Horde tritt ein, setzt sich, die Weinstube noch mehr gefüllt, mit Gegröle und Gerülpse. Warum ist er überhaupt mitgekommen?

Hätt sich ducken sollen. Sich fortschleichen. Sagen, dass ihm nicht gut, was ja stimmt. Kreidebleich, der Seppl. Aber wie willst dich rausziehen, wenn alles um dich im Rausch? *Was hast da eigentlich?* fragt der Gallinger nun rüber, der Seppl saugt ungewollt Gestank und Zigarettenrauch ein. Der Gallinger deutet auf dem Seppl seinen Bluterguss auf der Stirn, *habt's geschlägert, am Amt, oder was? – Gar nicht haben wir geschlägert,* fährt ihn der Seppl überraschend aggressiv an. Es fährt aus ihm raus, er kann's gar nicht ändern, ins Eck gedrängt wie ein Tier, das nun endlich hier flüchten will. *Was geht's dich an? – Ich mein, ich sag ja nur,* kontert der Gallinger irritiert, *bei der Beule da.* Da kommentiert der Gotthard dazwischen, lehnt sich auf den Seppl seinen Rücken, mit dem Schlagen würd sich ja unser Förster Lang viel eher auskennen. *Was, Lang?* Und der Gotthard erzählt freimütig, wie der Förster heut den gesamten Nachmittag über eine enorme Waldfläche gerodet haben soll, *in einem Gewaltakt, das müsst's gesehen haben.* Und jetzt ist klar, warum der Lang so eine äußerliche Zerschundenheit hat. *Ist mir eben der Führer reingefahren,* brummt der Lang und schluckt sein Gesöff von trübem Bier hinunter, bestellt ein nächstes, *Stamm für Stamm.* Er grinst den Gallinger an und will ihm sagen, dass er gleich morgen ein volles Dutzend gefällter Bäum runterschaffen will, in die Klostertischlerei, *für ein paar anständige Balken,* aber der Gallinger hängt noch immer an der wunden Stell vom Sepplkopf, *nein, echt jetzt, Seppl. Ist's so wild hergegangen? Hat ja sogar geheißen, da hat wer reingeschifft in die Wahlkabin. Stimmt das jetzt?* Der Seppl reagiert nicht. Fährt nur stumm mit der Handfläche über die leichte Erhebung auf seiner linken Stirnseite. Alles geschwollen. Und er denkt tief in sich rein. Sieht den Augenblick, wie er ans Tischeck donnert, nur weil ihm der Zettel zwischen den Fingern durchgerutscht ist und er nur gehofft hat, niemand kriegt's mit. Aber was denn, Seppl? Was soll denn niemand mitkriegen? Was hast denn vertuschen wollen, da unterm Gemeindetisch?

Jetzt hebt einer an zu einem Lied. Nicht lang dauert's und alle stimmen ein. Die Worte wabern durch den Dunst. Und in rührseliger Schönheit, die er nicht will, legt sich das Lied in die Herzen aller hier, die inbrünstig nun die Mäuler auftun, alle stehen sie jetzt, die Arm schwingen nach vor, dann nach oben, der Seppl umzingelt vom Hitlergruß. Er hält sich die Ohren, will in sein Bett, oder zur Hanni. Die Einzige, die ihm die Welt aussperren kann.

Wie geht's dir? Hat die Hanni ihn wieder und wieder gefragt, mit dem Guglhupf in der Hand, *wie geht's dir wirklich?* Aber der Seppl hat nicht geantwortet. Hat nach unten geblickt. Die Hanni merkt aber immer, wenn der Seppl aus einer Verlegenheit raus wegschaut, wo er doch eigentlich viel lieber in ihre Augen blicken würd, aber sich's nicht traut. Also hat sie gesagt: *Lass uns kurz in die Luft.* So sind sie also raus. Hinter die Gemeinde. Die Luft hat gutgetan. Und oben ist ein Habicht gekreist. Der Seppl hat seinem Flug nachgeschaut, wie der da gelauert hat, über der Klosterwiese unterhalb von der Gemeinde, und überm ganzen Ort ist die Dämmerung hereingebrochen, da hat er's der Hanni gesagt. Nur ihr hat er's gesagt: *Hab's in der Mitten gemacht.* Die Hanni hat ihn erst nicht verstanden. Hat ihn an der Hand genommen, so mild, die Hanni. Ist er mehr für sie als ein guter Freund? So hat er's in dem Moment gefühlt und drum hat er sich ihr nochmals anvertraut: *Das Kreuz, Hanni, weil du ja gemeint hast, soll keinen Blödsinn machen, aber. Hab dann nicht gewusst, wo die Blödheit mehr zu finden ist, auf der einen Seit oder auf der anderen. Weil, wenn einer dafür ist, dann lauft der nur mit und fällt hin, in diesem Laufen, aber wenn einer dagegen, dann laufen's ihm alle dagegen, das haut ihn doch auch nur um. Wo stehst dann, Hanni? Wo?* Sie hat ihn groß angeschaut, geschwiegen, seine Hand plötzlich ganz fest gehalten, dass es fast weh. Der Habicht ist nach unten gestochen. *Hab's also dann in der Mitten gemacht.* Sagt der Seppl den Satz zu Ende. *Mein Kreuz.* Und in der Wiese ist irgendein Viech zugrund gegangen.

Das also ist's gewesen, was er verbergen hat wollen. Die Ungültigkeitsstimm vom Seppl selbst, in einer Verwechselbarkeit der Guten und der Bösen. Und er also irgendwo dazwischen. Hat nur gehofft, es fällt nicht auf. *Er* fällt nicht auf. Er, der doch immer jedem ins Aug sticht. Der Andere. Der Dumme. Die Ausnahm. Hätt gern versinken wollen, in dem Augenblick, als der Nagl sich viel schneller geduckt gehabt hat, zum am Boden liegenden Stimmzettel, ist mit dem Fuß erst drauf, der Nagl, schon in der Vorahnung, dass was nicht stimmen könnt. Dann hat er's Papier aufgehoben und aufgefaltet, und der Seppl hat's schon gespürt, den Erniedrigungsblick auf ihn, weil's doch für die meisten immer der Seppl gewesen ist, wenn was Dummes in Gang gesetzt wurd, *sicher der Seppl, der den Kreis nicht getroffen! Was Seppl, hast mit dem Stift daneben gehauen? Der Seppl, der Depp, der weiß nicht mal, wie man ein Kreuz. Soll man's dir zeigen? Geh her da und friss deine eigene, ungültige Stimm,* diese und noch andere Sätze hat er erwartet, als der Nagl sich erhoben und an der Sepplstirn sich das Blut gesammelt hat, aber nichts. Kein Hohn. Kein Lachen. Keine Gewalt ihm gegenüber. Nur die Faust vom Nagl und sein schlichtes *Scheiße. Das wird dem Hermann nicht gefallen.*

Alle haben sich weggeduckt. *Welche Sau hat die Eier gehabt.* Dem Seppl ist's schlagartig leichter geworden. War gar nicht sein Wahlzettel, der da jetzt am Tisch gelegen ist.

War ein anderer. Aber wo war seiner? *Schreib's auf, Krumm.* Ist der Nagl fortgefahren. *Eine scheiß Gegenstimm. Die Sau von Bleimfeldner.* Dann haben's fertig gezählt. Und bis jetzt kann er sich's nicht erklären, der Seppl. Als würd's verschluckt worden sein, seine Ungültigkeitsstimm, genau in der Mitte der beiden Kreise.

Die Stimmung in der Weinstube an einem Höhepunkt. *Sing mit, Seppl, sing schon.* Sie halten einander an den Schultern, dem Seppl ist's, als löse er sich auf, im Schunkeln, die Rippen alle in ihn reinstechend. Da steigt einer hoch, auf den Tisch, als würd er dirigieren, direkt vorm Seppl ragt er bis unter die Decke. Scharf das Kinn, markant die Augen, dunkel, streng zurückgekämmt die Haare, voll mit Pomade. Er kommt ihm bekannt vor, dieser Liedanstimmer, der hier emporgestiegen, als würd er schon lang mit ihnen allen gegangen sein. Die Stiefel des Dirigenten stampfen nun auf, fast erwischt's dem Seppl seine Finger, er trampelt, es kommt das Finale: *Zum Kampfe steh'n wir alle schon bereit.* Jubel brandet auf, Applaus. *Hoch, Oskar.* Da fällt der Nam. Der Student aus dem Kloster. Der Seppl hat ihn nun wieder in der Erinnerung. Einer, der im Internat geschlafen hat und die Wochen hier im Ort verbrachte, die Abende und Nächte, genau in dieser Weinstube ist er regelmäßig gesessen, samt seinen Burschen, der Oskar. Sie tragen ihn nun auf Händen, er schwimmt kurz im Bad der Leut. Steigt herab, nun wird eine neue Runde bestellt. *Was tut sich in Wien?* Fällt nun die Frag. Der Pater Gotthard schlägt dem Oskar fast väterlich auf die Schulter, *ich hoff, er macht sich, mein Oskar. In der Wiener Stadt. – Macht sich nicht nur der Oskar, auch die Stadt.* Lacht der junge Mann zurück. *Das ganze Land hat sich gemacht. – Recht ist's. – Mit dem Recht kennt er sich aus, unser Jurist. – Jetzt liegt's vor uns. – Was liegt vor uns? – Eine Zukunft, Oskar, eine Zukunft.*

Und der Oskar stimmt ein neues Lied an. Wieder steigen alle ein. Der Gallinger und der Lang packen den Seppl. Dem Seppl wird schlecht. Und noch immer merkt's keiner. Im Seppl geht ein Widerwille vor. Sein Wahlzettel mit seiner Stimm darauf ist untergegangen. Und er weiß nicht warum. Und nichts hat er gesagt. Geschwiegen.

Aufhören, schreit er jetzt. *Hört's auf.* Aber niemand merkt's. Völlig im Unsichtbaren kommt er sich vor. Er kann aufbegehren, was er will, niemanden schert's. *Hört's auf.* Und es fährt ihm hoch, das ganze Gemisch des Tages, und die Speibe landet auf dem Oskar seiner Uniform. Tropft runter, die strenge Montur befleckt. *Geh, Seppl,* zischt der Gallinger, der Krumm muss lachen, der Edelbauer gibt ihm einen Stoß. Der Oskar verdutzt, seine Schergen um ihn, sie drängen sich vor, *he, Trottl,* stoßen den Seppl weg, der Lang geht dazwischen, *kann ja passieren. – Was?* Jetzt hat die Stimm vom Oskar eine Härte. *Es tut ihm doch leid,* meint der Gotthard, *was, Seppl. Sag's doch. Tut's dir nicht leid?*

Im Seppl ist alles ein Durcheinander. Er weiß nicht viel, aber was er merkt, er kann's nimmer halten. Die Eigentlichkeit in ihm drin. Die Lüg, die ihn erdrückt. *Entschuldig dich,* schnauft der Gotthard. *Nein,* sagt der Seppl. *Geh, der ist doch besoffen!* Ist er nicht, der Seppl. Richtet sich auf. Schaut den Oskar an, der weiß nicht, wie ihm passiert. *Du!* Einer der Typen um den Oskar tritt ran, an den Seppl. Der Oskar schiebt ihn zurück, das erledigt er selbst. *Was sagst?* Scharf schaut er drein.

Kann er's nun grad sagen? In einem Satz, der ausdrückt, was ist. Was sein sollt. Sagt nur, in seinem Automatismus, der ihm immer hilft, wenn die Wort sich durcheinanderhauen, wenn der Sinn sich zerreißt, wenn alles eine Lücke nur, da kann er sich nur festhalten. Am bislang Gelernten.

Renner, Mayr, Schober Eins, der Eintages-Breisky, Schober Zwei, Seipel Eins, Ramek, Seipel Zwei, Streeruwitz, Schober Drei, Vaugoin, Ender, Buresch, der Heilige Dollfuß, Schuschnigg. Renner, Mayr, Schober Eins, der Eintages-Breisky, Schober Zwei, Seipel Eins, Ramek, Seipel Zwei, Streeruwitz, Schober Drei, Vaugoin, Ender, Buresch, der Heilige Dollfuß. – Halt's Maul, sagt der Oskar. Der Seppl aber schon lang nimmer zu halten. Fängt von vorn. *Renner, Mayr, Schober Eins, der Eintages-Breisky, Schober Zwei. – Maul, sag ich.* Und der Oskar tritt dem Seppl rein, in die Brust, *was wird das? – Lass ihn,* versucht der Lang die Sach zu beruhigen, *das ist der Seppl. Kennst doch den Seppl. Der sagt halt noch grüß Gott. Der denkt halt noch an seine Nationalelf. Der kann nur die Namen von früher.* Der Oskar fasst den Seppl am Kinn, *kennst die Namen von morgen, Trottl?* Und der Oskar baut sich auf, zieht ihn zu sich. *Stell dich her.* Der Seppl zusammengekauert. *Stell dich her, aufrecht, Mann, wer ist dein Führer?* Schreit's. Richtet seinen Kragen. Irgendwann wird der Oskar ein Offizier sein. Irgendwann wird er Truppen dirigieren. Irgendwann wird er Kriegslieder brüllen. Irgendwann dann, wenn alles vorbei, wenn tausend Lügen gefallen und Millionen vernichtet, dann wird er dastehen, hernach, und alles abstreiten, in einem Land, das sagen wird, so sind wir nie gewesen (und der gute Oskar gründet womöglich eine neue Bewegung, denn es muss ja weitergehen!). So oder ähnlich wird's um ihn bestellt sein, sieht er das? Der Seppl sieht's. Er erkennt in einem jeden Jetzt das Morgen, das bitterschwarz gefärbt.

Jetzt sag schon, der Oskar drischt auf den Seppl ein. Keiner rührt sich. Keiner hilft. *Du Scheiß-Trottl. Wer ist dein Führer?* Und ein letztes Mal setzt er zu einer Ordnung der Geschichte an, armer Seppl, die unterlaufene Stirn platzt ihm, die Tropfen fallen auf Heimatboden: *der Scheiß-*

Renner, der Scheiß-Mayr, der Scheiß-Schober, der Scheiß-Eintages-Breisky, der Scheiß-Seipel, der Scheiß-Ramek, der Scheiß-Streeruwitz, der Scheiß-Vaugoin. – Seppl! Sie schütten ihm Wasser drüber, sie rütteln ihn, er fährt fort: *der Scheiß-Ender – Jetzt langt's aber, Seppl.* Er fährt fort: *der Scheiß-Buresch,* wieder eine harte Rechte. Der Seppl fährt fort: *der Scheiß-Heilige-Dollfuß,* Tritt um Tritt gegen seinen gesunkenen Leib, wie ein Embryo die Knie angewinkelt, er fährt fort: *der Scheiß-Gott-schütze-Österreich-Schuschnigg. – Versteig dich nicht,* der Oskar flüstert ins Sepplohr. Der Seppl sieht von unten die blutrünstigen Dorfgesichter, lacht wieder los, Tränen zugleich. Rappelt sich hoch. Das kann er noch, einmal noch, hält sich irgendwo, ist's die Wand, der Stuhl, die Schank? Schnauft. Und dann sagt er's, ohne Vorbehalt, was aus dem Herzen kommt, und er hätt's nicht sagen sollen, und ein jeder Fausthieb, der folgt, er war absehbar. Jeder Rippenbruch, jeder zertrümmerte Wangenknochen. Es ist ihm egal gewesen. *Wer ist dein Führer? – Der Heil-scheiß-drauf-hab-die-Ehr-leckt's-mich-Servus-und-grüß-Gott-braun-verschissene-Hitler.*

Der Oskar, der einen jeden Boxkampf hier schon gewonnen hat, schlägt, in voller Wucht. Bis der Seppl mit der Blutergussstirn auf den Steinboden runterdonnert. Er sieht nur mehr die Stiefel, jemand spuckt, bis einer sagt, *vergib uns unsere Schuld.*

27

Steigt die Frau Doktor aus der Dusche. Tappt nackt über Fliesen, reibt sich die Haare mit dem Handtuch, die Haut. Dampf am Spiegel zieht sich zurück, sie sieht langsam klar. Ein Luftzug vom Gang, die Tür einen Spalt offen: Da hört sie das Schnarchen herein. Ihr werter Herr Gatte, samt Hut und Mantel ins Bett geplumpst. Sie wird heute auf dem Sofa schlafen.

Was du dir einbildest, hat er sie angeschrien, in seinem Suff. *Warum du da den Bleimfeldnerschuster einfach rumkutschierst, so mir nichts dir nichts,* hat er gewütet, *in meinem Wagen! – Ist unser Wagen,* hat sie ihm gekontert. *Die Finanzierung immer geteilt, in unserer Ehe!* Und das hat selten so gutgetan wie heute, die Feststellung ihrer gleichermaßen verteilten Lasten und Pflichten. Ein *selbstermächtigtes* Leben *auf Augenhöhe der Tatsachen*, so hat sie es sich immer vorgesagt, dafür hat sie gekämpft. Nicht immer ist es ihr gelungen. Als die Praxis ihres Mannes in Schulden geraten. Als ihr Mann sich mit anderen Geldmitteln behelfen hat müssen. Als auch sie derart in Abhängigkeiten geschlittert ist, mit *Freunden, die uns doch nur was Gutes wollen, Schatzl. – Möcht das aber nicht,* hat sie immer gesagt, *diese Verflechtung, die uns den Boden abgräbt. – Geh Schatzl,* hat er immer erwidert. *Dieser Boden trägt uns alle. So war's und so wird's immer bleiben.* So hat er's dann beendet, ihre innerehelichen Diskussionen, mit dieser scheinbar natürlichen Gegebenheit einer unverrückbaren Gesellschaftsordnung, in der er, als Mann mit Ansehen und Bildung und Kultur und Kapital, doch immer auch am besten wüsste, was zu tun sei. *Das hättest du nicht tun sollen,* so hat er's ihr auch diesmal erklärt, vorhin, als sie den Wagen in der Einfahrt abgestellt und ins Haus getreten sind, die Katzen haben sich um ihre Waden geschmiegt, *geht's her da, kriegt's noch ein Futter. – Lauf jetzt nicht weg,* hat er ihr nachgebrüllt, den Regenschirm noch nicht abgespannt, wild runtergetropft hat's auf den Teppich, Gestank des Tages und der Nacht aus seinem Maul. *Ich bin nicht diejenige, die hier davonläuft,* hat sie geduldig, aber bestimmt in sein bleiches Gesicht gesagt. *Du läufst doch davon, vor deiner Verantwortung.* Ist in die Küche, um den Tieren etwas von den Mittagsresten zu geben. *Du hörst mir jetzt, verdammt noch mal, zu.* Er ist ihr nach, sich abstützend, es fällt ihm schon schwer, den Weg in den eigenen Wänden zu finden. *Du läufst nicht einfach vom Tisch weg, wenn ich im Gespräch. Wir haben hier einen Ruf zu verlieren. – Ja. Den Ruf, dass wir Menschen in der Not zu Hilfe eilen. Herr Doktor.* Ihr Gatte, der aufgeplusterte Vorzeigebürger, hat's abgetan. Die Sache mit dem Bleimfeldner sei doch keine Not gewesen. Wenn der sich wo reinsteigert. Wenn alle sich da in was reingesteigert hätten. Jetzt solle man doch die Kirche im Dorf. Es sei *einfach nur eine Wahl* gewesen!

Meine Güte, hat er weiter gewütet. *Muss man sich deswegen die Laune verderben?* Die Katzen haben sich über das fette Randstück eines zu üppig geratenen Sonntagsbratens hergemacht (seit einiger Zeit wird einfach zu viel gekocht, denkt die Frau Doktor, und zu viel weggeworfen, als würd man's jetzt plötzlich nötig haben). Viel schlimmer sei doch, so ist der werte Herr Gatte stumpfsinnig fortgefahren, dass sie sich, als Frau Doktor, da wo blindlings hineinziehen hat lassen. *In so eine politische Sach. Was ist denn das für ein Bild?*

In verblendeter Grobheit wollt der derart breit Gestikulierende, als sei's eine Ansprach, sich noch ein Bier öffnen, das ist ihm aber auf den Boden, die Katzen sind davongehuscht, das Fettrandl im Maul nachschleifend, das Gesöff hat den sauberen Bürgerparkett überzogen. Das war's also letztlich, so hat die Frau Doktor den Anlass seines Wutausbruchs erkannt: *das Bild,* das um jeden Preis bewahrt werden sollt. *Man habe zu tun und zu lassen, was man eben zu tun hätt und zu lassen. Immer anständig bleiben, Schatzl.* Sie hätte ihm bei diesem Satz vorhin in der Küche, in der anständig aufschäumenden Biergosse, am liebsten eine runtergehauen. Sie hätte ihn konfrontieren sollen, mit dieser seiner Selbstsucht. Seiner verlogen mittelständischen *Bürgersorge* um *das gute Ansehen* des *guten Daheims*, welches hier scheinbar alles zu begründen schien, das Daheim, *an dem, was getan und was zu unterlassen.* Sie hätte dann auch gehen können (müssen: auf Nimmerwiedersehen!), kommentarlos, wieder in den Regen rauslaufen, den Wagen starten (für sich allein! Wir sind doch alle immer nur allein!) und, so schwer es ihr auch gefallen wäre, sie zulassen: die kompromisslose Einsicht, dass keine Vernunft mehr zu erhoffen ist, in dieser verbrecherischen Dummheit. *Da läuft etwas schief!* Das wären die Worte gewesen, die sie gesagt haben müsste. *Und wir laufen mit!*

Hat sie aber nicht. Hat sie alles nicht. Hat stattdessen den Kühlschrank geschlossen. Hat die Vorhänge zugezogen. Hat die Messer im Messerblock geordnet. *Ein recht ein ordentliches Daheim ist's geworden, in den letzten Jahren,* das hat sie gedacht (beiläufig denkt man so dumme Nichtigkeiten, die aber so viel bestimmen, mitbestimmen, vorbestimmen, so nichtig sie auch erscheinen). Und dann hat sie sich umgedreht, zu ihrem Gatten in der nächtlichen Bürgerküche. *Deine Selbstsorge ist rührend,* hat sie gesagt.

Ich will dich aber erinnern: Deine Frau ist heute durchs Feuer gegangen. Er ist zu ihr hin. Sie hat sich kurz erhofft (wieder so ein trügerisches Hoffen!), dass er sie jetzt vielleicht doch (nach so einem hoffnungslosen Tag) noch in den Arm nehmen würde. *Deine Frau hat heute jemanden aus dem Feuer gezogen.* Rechtfertigt sie sich selbst, da sie weiß, auch sie hat die Demokratie abgewählt, wie es alle getan?

Mach dich nicht lächerlich, rülpst er ihr da nur entgegen. Sie wäre doch *gar nicht erst ins Feuer geraten,* wäre sie nicht hineingestiegen. *Sie* war es doch, die aufbrechen musste, in den Wald, in dieser *komischen Sehnsucht*, wie er's nun bezeichnete, *nach Abenteuer. Reibung. Widerspruch.* Sie solle doch einfach mal zufrieden sein, *mit dem ganz normalen Leben,* das ihnen nun bevorstehe. *Gott sei Dank!* So rief er aus (so ehrlich hatte es keiner heute gesagt). *Wir haben für die Normalität gestimmt.* Dann hat der im Innenraum triefend Stehende den Schirm zusammengeklappt, sich überheblich die Nässe aus seiner Stirn gewischt. Losgestapft.

Toll. Danke. Hat sie letztlich einen Strich unter das Ernüchterungsgespräch gezogen, die hochhackigen Schuhe abgestreift, ins Eck gedonnert, in Reibung, Widerspruch. *Dann sind wir also endlich am selben Punkt wie immer angelangt. – Was für ein Punkt?* Ohne sich umzudrehen sagt er das jetzt und will gar keine Antwort.

28

Löscht die Friedl das Licht. Wendet mehrmals den Körper unter der Tuchent, kann nicht schlafen, seit Stunden. Wendet sich nochmals, kratzt sich am Bein, noch hat sie es an: das Kleid, mit dem sie heute die Blicke auf sich gezogen. Gefallen hat's ihr, sie wird es nie zugeben. Und könnt sich keinen schöneren Sommer nun ausmalen als einen, in dem sie mit den Platzerburschen über die Almwiesen läuft und leicht das Herzl unter der Bluse schlägt, weit weg von finsteren Gedanken um die Gegenwart. Drum schaut sie's auch gar nimmer an, das Foto vom Karlbruder, das still unterm Bett noch in der Kiste liegt, inmitten von Familienporträts, Glückwunschpost, Briefen heimlicher Verehrer, Bildnissen von Mutter und Vater, Aufnahmen vom Haus mit der Nummer 188. Sie will nicht denken an das Böse, bekreuzigt sich und sagt salopp, als wär's ein Kinderreim, das Vaterunser. Hofft, dass dies reichen möge, um ihre Liebsten gut durch die Jahre zu bringen. Der Karlbruder auf dem Foto aus Innsbruck, er salutiert derweil noch immer stolz und ernsthaft mit dem Säbel vor einem vergangenen Österreich. Sein Eigensinn, wird's später einmal heißen, hat ihn zum Fronteinsatz verdammt. *Kanonenfutter für Afrika!* Auch wenn's nicht stimmt. Auch wenn dem Karl sein Tun rein gar nichts bewirkte und lediglich ein Rest verstockter Vaterlandsliebe war.

Da kracht's im Vorhaus, der Vater stürzt im Dunkeln herein, er ist zurück. Die Gusti läuft raus, der Hubertbruder lugt aus seiner Kammer, die Mutter tritt auf den am Boden Liegenden zu (der Schuster hat die Schwelle übersehen), macht Licht. *Wo ist der Karl?* Der Vater schnauft, ist auf die Knie gefallen. *Der Sturkopf wird schon davonkommen.* Stemmt sich hoch, die Hand vom Hubert, der ihm helfen will, abweisend. *Schau ich so krank aus? – Ich richt noch eine Jausen.* Sagt die Friedl. Tappt im Schlafrock (das Festtagskleid hat sie rasch in den Kasten), schneidet anständig Brot und Speck.

Der Vater hinter ihr sinkt auf den Sessel. *Da schau, Vater.* Reicht ihm ein Wasser. In der Schublade wartet bereits der Schnaps. *Haben uns Sorgen gemacht. – Ah, geh. – Und vom Karl keine Spur?* Schweigt in sich rein, der Vater vorm Speck. Kaut, grau der Blick, eine Lebensfreude mal da drin gewesen. Kaum was übrig. *Pass mir nur auf, Madl.* Sagt er dann. *Mit deiner katholischen Jugend. Solltest dich besser woanders engagieren.* Zwiebel brennt unter Fingernägeln. *Einen Kren hätt ich noch, Vater. – Ich mein's ernst, Friedl. Gehst zum BDM.* Das Messer wetzt ganz leicht die Fingerkuppe. *Und wenn der Karl gescheit ist, macht er auch noch wo mit.*

29

Geht der Bleimfeldner Karl, geht der Karl die Bahnhofstraße hinab. Unten zieht die Bahntrasse eine weite Kurve, von der Bezirkshauptstadt kommend, über die Galgenau hin zum kaisergelb verblassten Bahnhofsgebäude, von wo die Züge weiterschnaufen, hinaus aus dem breit sich auffächernden Tal entlang der leise plätschernden Krems in Richtung Linzer Becken. Ein Blick, der ihn geprägt. Ein Bild, das seine Heimat. Ein Gang, der selten geworden ist, der womöglich nie wieder.

Der Karl stapft, es ist früher Morgen, kaum fünf vorbei, die Schläge der Glocken vom Stiftsturm geleiten ihn die letzten Meter. Dort unten am Bahnsteig wird er sich hinhocken, als wär er ein Besoffener, der auf die Heimfahrt wartet, derweil ist's das Gegenteil einer Betrunkenheit, die ihm widerfahren. Völlig klar steht er nun da. Aus dem Wald getreten, die Dämonen einer kruden Nachtvorstellung hinter sich gelassen, fast ein Lächeln trägt der Karl.

Girlanden zieren den Dachvorsprung am Bahnhof, eine einsame Fahne weht, das Hakenkreuz im leichten Südwind tänzelnd, und als hätt jemand die Nadel vom Grammophon nicht abgehoben, surrt's in rhythmischer Wiederholung aus einem Lautsprecher (da sind gestern noch Märsche und Reden aus dem ganzen Reich hinausposaunt worden). Im übriggebliebenen Grundrauschen dieser übersteuerten Radioanlage betritt der Karl den Gleisübergang, noch ist kein Sonnenstrahl über den Kuppen des Alpenvorlands zu sehen, allein am kantigen Grat der Kremsmauer zeichnet sich ein beginnender Tag ab. Auch dort oben weht das Hakenkreuz.

Da tritt ihm jemand entgegen, mitten auf den Gleisen, aus dem Schummern einer Morgendämmerung, schaut ihn von unten fest an, die Nase frech und nach oben gestreckt, wie sie's seit einiger Zeit nun tut. *Servus, Karl,* sagt's, die Kern Cilli, *was für ein Ding. Als wär's ein abgemachtes Treffen, was? – Cilli,* entgegnet schlicht der Karl. Stockt kurz unsicher. *Ich wart auf den Zug. – Nimmst den Halb-Sechser? Fährst wieder in die Stadt? – So schaut's aus. – Ja, schaut so aus. – Hältst es gar nimmer aus, daheim? – Hab alles hier erledigt. – Ja, erledigt,* schnauft die Kern Cilli. Kurz schluckt sie, blinzelt, dreht sie sich? Erwartet sie noch jemanden? Steckt da wer hinter der Mauer, dem Holzstoß an der Rampe, dem Busch? *Will dich nicht aufhalten. Karl. Hast ja dein Studium. – Ja.* Die Cilli mustert den Karl nochmals genau. *Muss schön sein. – Was?* Fragt trocken der Karl, geht einen Schritt voran, fast schon an der Cilli vorüber. *Das Fortsein, in der Stadt. – Ehrlich gesagt hab ich Angst.* So fällt's raus, erstmals in einer Ehrlichkeit, aus dem Mund des Zweiundzwanzigjährigen. Gönnt der Cilli keinen Blick, keinen Widerspruch, stapft weiter. *Geh, scheiß dich nicht an,* haut ihm die Cilli noch einen Satz hinterher. *Bist doch ein Mann. Dann kämpf wie ein Mann! Oder würdest du's Land verlassen, nur wegen einer neuen Fahne, die da wachelt?* Sie zieht sich flink eine Zigarette aus dem Hosenbund, steckt sie zwischen ihre Lippen, die Schminke ist an den Wangenknochen verlaufen, ihr Hemdknopf sitzt tief, so beugt sie sich vor. *Feuer, Karl?*

Er dreht sich nochmals zu ihr. Der Studierte aus Innsbruck, der für einen Tag und eine Nacht Heimgekehrte, der's besser wissen wollt als der Rest. Die hellen Haar zerzaust, die Jacke verdreckt, die schwere Pluderhose von Regen und Bachbett durchnässt, da zieht er sein Feuerzeug hervor. Neigt sich der Cilli hin, *verbrenn dich nicht.* Sie nimmt ein paar tiefe Züge. Es bebt leicht der Boden unter ihnen, sie stehen noch am Bahnübergang. Aus dem Surren der Tonanlage ein Knacken. *Jetzt kommt dein Zug.* Ihr Atem fällt in sein Gesicht. *Leb wohl, Cilli. – Leb wohl, Karl.*

Und im Dampf des Halb-sechs-Regionalzugs nach Linz an der Donau, das neuerdings einen wirtschaftlichen und gesellschaftlichen Aufschwung erwartet, wie alles sonst hier auch, entwischt uns der Karl aus der Geschichte.

Ich danke meiner Frau und meiner Familie für Rückhalt und Antrieb, sowie Herbert Limberger, Hans Kalchmair, Katharina Seebacher und Peter Goller für die Unterstützung bei der Recherche.

Thomas Arzt